En nuestro tiempo

En nuestro tiempo

Ernest Hemingway

Prólogo de
Ricardo Piglia

Traducción de
Rolando Costa Picazo

Lumen

narrativa

Título original: *In Our Time*

Primera edición: octubre de 2018

© 1958, Ernest Hemingway
© Herederos de Ricardo Piglia
c/o Schavelzon Graham Agencia Literaria
www.schavelzongraham.com
© 2018, Penguin Random House Grupo Editorial, S. A. U.
Travessera de Gràcia, 47-49. 08021 Barcelona
© 2018, Rolando Costa Picazo, por la traducción

Printed in Spain – Impreso en España

ISBN: 978-84-264-0609-5
Depósito legal: B-16747-2018

Compuesto en M. I. Maquetación, S. L.
Impreso en Egedsa
Sabadell (Barcelona)

H406095

Penguin
Random House
Grupo Editorial

A Hadley Richardson Hemingway

Prólogo

In Our Time fue considerado desde su aparición en 1925 un clásico que renovaba la tradición narrativa. La calidad de su prosa y la originalidad de su estructura lo convierten en uno de los mejores libros de cuentos que se han escrito. Aparte de los irrepetibles modelos tradicionales (como *Las mil y una noches* o *El Decamerón*) el libro es un ejemplo de unidad en la composición: entre los cuentos se intercalan lacónicas viñetas de guerra en las que se describen escenas que influyen tangencialmente en las conductas de los personajes de los relatos. Por eso es una paradoja, pero también un acontecimiento que esta sea la primera edición en castellano de este libro extraordinario. Su réplica, *Así en la paz como en la guerra*, de Cabrera Infante, repite el procedimiento; allí las viñetas narran episodios de la lucha revolucionaria cubana y en ese contexto los cuentos adquieren su verdadero sentido.

El uso de repeticiones, reiteraciones —ya de palabras, asonancias o consonancias y yuxtaposiciones—, unido al uso de la elipsis, define el estilo inconfundible de Hemingway y refuerza la presencia de una voz narrativa áspera que constituye el marco para la resonancia emocional. La lógica de una escena no depende de la acción que se desarrolla ahí, sino de las reacciones fragmentarias y entrecortadas de una realidad en crisis. Hemingway sustituye la lógica de la acción con la presencia de un narrador que no quiere decirse a sí mismo lo que ya sabe.

El libro postula una nueva poética literaria, como bien lo advirtió Ezra Pound: «Hemingway no se ha pasado la vida escribiendo ensayos de un esnobismo anémico, pero comprendió enseguida que *Ulises*, de Joyce, era un fin y no un comienzo». Joyce había escrito con todas las palabras de la lengua inglesa y había mostrado un gran virtuosismo, allí es donde Hemingway tiene una intuición esencial; no había que copiar de Joyce esa gran capacidad verbal, sino que era necesario empezar de nuevo, con un inglés coloquial, de palabras concretas, de pocas sílabas y frases cortas. Es a partir de aquí que construye un estilo de resonancias múltiples que marcó la prosa narrativa del siglo XX, de Salinger a Carver. Hemingway trabajaba con los restos del lenguaje, buscaba una prosa conceptual que insinuara sin explicar, de ese modo se elaboró una escritura experimental; muy conectada con las vanguardias de su época. Beckett llegaría a la misma conclusión años después: para escapar del inglés literario que Joyce había agotado, decidió cambiar de lengua y escribir en francés. Lo importante de Hemingway, y de Beckett, es que no describían lo que veían, sino que se describían a sí mismos en el acto de ver. Sus relatos trascienden el nivel meramente descriptivo para desembocar en un estilo que bordea el idiolecto, avanzando desde lo concreto y particular hacia la emoción.

Hemingway quería escribir historias mínimas, tratando de narrar los hechos y transmitir la experiencia, pero no su sentido. La simplicidad de la estructura de las frases y de la dicción —la de alguien fisurado emocionalmente— se ve reforzada por el uso restringido de adjetivos y adverbios. Casi no hay metáforas, ni comparaciones ni oraciones subordinadas; evita las técnicas tradicionales y puede ser leído como una versión personal que definió la renovación de la literatura moderna.

Al mismo tiempo el libro produjo una revolución en la técnica del cuento. Hemingway se refirió en *París era una fiesta* al primer cuento que escribió para la serie de *En nuestro tiempo*, llevando al extremo la poética de Chéjov: «Sin trama y sin final». De ese modo renovó la tradición de las formas breves. Refiriéndose al primer cuento que escribió con su nueva técnica, Hemingway dijo: «En una historia muy simple llamada "Out of Season" ("Fuera de temporada") omití el verdadero final en que el viejo se ahorcaba. Lo omití basándome en mi teoría de que se puede omitir cualquier cosa si se sabe qué omitir y que la parte omitida refuerza la historia y hace al lector sentir algo más de lo que ha comprendido».

En «Fuera de temporada» se insinúa que Peduzzi no se ha recuperado del efecto de la guerra. Nick Adams y su mujer ven síntomas leves, pero el narrador no dice lo que piensa, extrema el punto de vista de Henry James, no aclara lo que ignoran los personajes. En el cuento no se puede saber que Peduzzi se va a matar, pero el escritor sí lo sabe y esa es la clave; la relación que el narrador mantiene con la historia que cuenta es el fundamento del arte de narrar. Se trata de transmitir la emoción a la prosa a través de los detalles inadvertidos que provocan una reacción emocional.

Ese es un aporte técnico central que define la transformación que Hemingway produce en la forma del diálogo: todo se da por sabido y las conversaciones son lacónicas y tienden a un hermetismo luminoso que genera un efecto de extrañeza y agudiza la intensidad del relato. Bertolt Brecht, uno de los que mejor leyó a Hemingway, lo definió lúcidamente: «Sobre la concisión del estilo clásico: si en una página omito lo suficiente, estoy reservando para una sola palabra —por ejemplo, para la palabra "noche", en la frase al "caer la noche"— el valor equivalente a lo que ha dejado fuera en la imaginación del lector».

Roland Barthes, que nunca sale de la tradición francesa, definió sin embargo la técnica de Hemingway en su ensayo *El grado cero de la escritura*, basándose en el efecto que el estilo de Hemingway había causado en Francia, en especial en la escritura blanca de *El extranjero*, de Camus. Sartre lo dijo explícitamente: «Cuando Hemingway escribe sus frases cortas e inconexas obedece a su temperamento, pero cuando Camus utiliza la técnica de Hemingway lo hace consciente y deliberadamente, porque después de reflexionar considera que es la mejor manera de expresar su experiencia filosófica del absurdo del mundo».

En el relato «El gran río de dos corazones», que cierra el libro, Hemingway lleva al límite su técnica. El relato narra las actividades de Nick Adams desde el momento en que desciende del tren en la desolada Michigan Superior buscando un lugar apropiado para acampar. El tema secreto del relato es el efecto de la guerra en Nick Adams, y en el cuento se narra, de un modo sutil y detallado, una excursión de pesca. No pasa nada pero el cuento acumula tensión, el estilo muestra que Nick Adams padece una crisis que trata desesperadamente de controlar sin decirlo nunca. La prosa ha atomizado la acción y el pensamiento hasta reducirlos a sus componentes más simples y los mantiene ahí sin vacilar. El estilo medio esquizo de la narración solo deja entrever la extrema tensión de Nick Adams. El cuento no valoriza los acontecimientos y cuenta todo con una distancia serena, pero registra los hechos como si algo terrible fuera a suceder. Nick no quiere pensar, y el relato se desliza terso y minucioso. El único detalle que expresa, desplazada, la experiencia de Nick son los saltamontes ennegrecidos después del incendio que devastó la región. Aquí tenemos, en estado puro, lo mejor del estilo de Hemingway, lacónico, bellísimo; pero lo notable es lo que cortó Hemingway. El fragmento editado por Philip Young con el título «On Writing» se puede leer en el volumen *The Nick Adams Stories*: «La única literatura buena era la que uno inventaba, la que uno imaginaba. Eso hacía que todo fuera real. Todo lo bueno que había escrito lo había inventado. Nada había sucedido. Habían sucedido otras cosas. Cosas mejores, quizá. Esa era la debilidad de Joyce, Dedalus de *Ulises*, era el mismo Joyce, por eso era terrible. Joyce se ponía tan romántico e intelectual cuando se refería a él... A Bloom lo había inventado, y Bloom era magnífico. A la señora Bloom la había inventado. Ella era lo mejor del mundo». (En la misma línea, años después, en una carta a Max Perkins, Hemingway criticaba al Fitzgerald de *Suave es la noche* porque «no inventaba lo suficiente»: «Con materiales reales es muy difícil escribir. Inventarlo es más fácil y mejor».)

En el texto suprimido con buen criterio por Hemingway vemos con claridad lo que se enuncia en la teoría del iceberg, lo que se suprime ya está narrado y el escritor sabe lo que luego se elide. Esta forma de la elipsis da a los cuentos una potencia extrema. Lo notable en el texto suprimido es que Hemingway postula una teoría de lo imaginario como base del relato, en oposición a la versión de la experiencia vivida, que es el cliché más extendido sobre Hemingway, de que primero se vive y luego se escribe. Hemingway es más drástico y establece una hipótesis que funda la prosa en la invención y no en lo que se ha vivido. Nick Adams, como Dedalus, se basa en la vida del joven esteta aspirante a escritor, Hemingway lo sabe pero nunca lo dice. Forma parte de la estirpe del joven artista, como Quentin Compson de Faulkner o Jorge Malabia de Onetti, y es esa elipsis lo que da a su relato de aprendizaje un tono propio.

Para terminar, séame permitida una mínima confidencia: en una librería de libros usados en la terminal de ómnibus de Mar del Plata, en una galería encristalada, sobre una mesa de saldos, encontré, en 1959, un ejemplar de *In Our Time* y esa tarde volví a casa y lo leí de un tirón, me tiré en un sillón de lona, con las piernas apoyadas en una silla, y empecé a leerlo y seguí y seguí. A medida que avanzaba en la lectura la luz cambiaba y declinaba. Terminé casi a oscuras, al fin de la tarde, alumbrado por el reflejo pálido de la luz de la calle que entraba por los visillos de la ventana. No me había movido, no había querido levantarme para encender la lámpara porque temía quebrar el sortilegio de esa prosa. Concluí el libro en plena oscuridad. Cuando por fin me levanté y prendí la luz ya era otro. Ahora me doy cuenta de que la forma del recuerdo, la luz que declina hasta que cae la noche, está influida por la prosa de Hemingway, por su capacidad para captar el sentimiento con leves matices y cambios de tono.

La gravitación de esa lectura está presente, nítida, en los cuentos de *La invasión*, mi primer libro. Como tantos escritores, yo había buscado liberarme del falso estilo literario que ensombrecía la literatura argentina. Mi experiencia con este libro me abrió las puertas de la experimentación narrativa. Por eso celebro esta edición y la pienso como si fuera una deuda saldada.

RICARDO PIGLIA
Buenos Aires, 25 de septiembre de 2016

En el muelle en Esmirna

Lo extraño, dijo él, era la manera como todos gritaban a medianoche. Yo no sé por qué gritaban a esa hora. Nosotros estábamos en el muelle y ellos en el embarcadero, y a medianoche se ponían a gritar. Solíamos iluminarlos con el reflector para calmarlos. Eso siempre funcionaba. Los iluminábamos con el reflector dos o tres veces y se callaban. Una vez que yo estaba de oficial en el embarcadero, un oficial turco se me acercó hecho una furia porque uno de los marineros lo había insultado. Así que le dije que al tipo lo enviaríamos de vuelta al barco y allí sería severamente castigado. Le pedí que me lo señalara. Así que él señaló a un ayudante del artillero, un tipo totalmente inofensivo. Dijo que lo había insultado horriblemente, varias veces; me hablaba con la ayuda de un intérprete. Yo no podía imaginarme cómo el ayudante del artillero podía saber tanto turco para insultar. Lo llamé y le dije:

—Y en cualquier caso, deberías haber hablado con alguno de los oficiales turcos.

—Yo no he hablado con ninguno de ellos, señor.

—No tengo ninguna duda —le dije—, pero lo mejor es que subas a bordo del barco y no vuelvas a bajar en lo que queda del día.

Luego le dije al turco que había mandado al hombre a bordo y que lo trataría con extrema severidad. Ah, sí, con el máximo rigor. Eso le gustó. Nos hicimos grandes amigos.

Lo peor de todo, dijo, eran las mujeres con los bebés muertos. Era imposible hacer que las mujeres renunciaran a sus bebés muertos. Había bebés que llevaban seis días muertos. Ellas no querían soltarlos. No se podía hacer nada. Al final, había que entregárselos. Además, había una vieja, el más extraordinario de los casos. Se lo conté a un médico y me dijo que yo estaba mintiendo. Los estábamos sacando del muelle, tenía que sacar de allí a los muertos y esa vieja estaba acostada sobre una especie de camilla. Dijeron:

—¿Quiere echarle un vistazo, señor?

De modo que tuve que echarle un vistazo, y justo en ese momento la mujer murió y se quedó totalmente rígida. Como si hubiera estado toda la noche muerta. Estaba totalmente muerta y absolutamente rígida. Se lo dije a uno de los médicos y él me dijo que era imposible.

Todos estaban en el muelle y no era como si hubiera habido un terremoto o algo parecido, porque ellos nunca supieron nada del turco. Nunca sabían lo que el turco estaba por hacer. ¿Recuerdas cuando nos ordenaron que no saliéramos a llevarnos a nadie más? Yo estaba aterrado cuando fuimos esa mañana. Tenía toda clase de baterías y podría habernos matado a todos. Nosotros debíamos entrar, avanzar pegados, soltar el ancla y luego bombardear el barrio turco de la ciudad. Nos habrían borrado del mapa, pero nosotros habríamos destruido la ciudad. Solo nos lanzaron unas cuantas cargas de fogueo. Kemal bajó y echó al comandante turco. Por abuso de autoridad o algo parecido. Se le subieron los humos. Habría sido un desastre horrible.

Te acordarás del puerto. Había muchas cosas bonitas flotando en el agua. Fue la única vez en la vida que algo me afectó tanto para soñar con ello. Te impresionaban menos las mujeres que estaban dando a luz hijos que las que estaban con sus hijos muertos. Ellas parían como si nada. Es sorprendente que murieran tan pocas. Las cubrías con algo y las dejabas que siguieran pariendo. Solo elegían los lugares más oscuros de la bodega para parir. A ninguna le importaba nada, una vez que hubieran salido del muelle.

Los griegos también eran simpáticos. Cuando los evacuaron tenían un montón de animales de carga que no podían llevar consigo, así que les rompieron las patas delanteras y los arrojaron al agua somera. Todas esas mulas con las patas delanteras rotas tiradas en el agua somera... Todo era muy agradable. Te juro que todo era sumamente agradable.

I

Todos estaban borrachos. La batería al completo estaba borracha y avanzaba por el camino en la oscuridad. Íbamos a la Champaña. El teniente seguía montado a caballo por los campos y le decía: «Te digo que estoy borracho, amigo. Ay, estoy tan borracho...». Fuimos por el camino la noche entera en la oscuridad y el ayudante seguía junto a mi cocina y decía: «Debes apagarla. Es peligroso. Pueden verla». Estábamos a cincuenta kilómetros del frente pero el asistente se preocupaba por el fuego de mi cocina. Resultaba gracioso ir por aquel camino. Eso ocurrió cuando yo era cabo de cocina.

Campamento indio

Había otro bote listo en la orilla del lago. Junto a él esperaban los dos indios.

Nick y su padre se colocaron en la popa, los indios empujaron el bote y uno de ellos subió a él para remar. El tío George iba sentado en la popa de la canoa del campamento. El indio joven le dio un empujón a la canoa y se subió para remar para el tío George.

Los dos botes partieron en la oscuridad. Nick oía los remos del otro bote bastante lejos, delante de ellos en la niebla. Los indios remaban con golpes rápidos y fuertes. Nick estaba recostado, y su padre lo rodeaba con el brazo. Hacía frío en el lago. El indio remaba con fuerza, pero el otro bote seguía delante de ellos en la niebla.

—¿Adónde vamos, papá? —preguntó Nick.

—Al campamento indio. Hay una señora india que está muy enferma.

—Oh —dijo Nick.

Cuando llegaron al otro lado vieron que el otro bote ya estaba allí. El tío George estaba fumando un cigarro en la oscuridad. El indio joven arrastró el bote por la playa. El tío George les dio cigarros a los dos indios.

Atravesaron un prado que estaba húmedo de rocío, siguiendo al indio joven, que llevaba un farol. Entraron en el bosque y echaron a andar por una senda que desembocaba en la pista que se internaba en las montañas. En la pista había más luz porque habían cortado los árboles de los dos lados. El indio se detuvo a apagar el farol y luego siguieron avanzando por la senda.

Llegaron a un recodo y se les acercó un perro ladrando. Más adelante se veían las luces de las chozas donde vivían los indios que trabajaban descortezando la madera. Acudieron más perros. Los dos indios los hicieron regresar a las chozas. En la choza más cercana al camino había luz en la ventana. Una vieja estaba de pie en la puerta, sosteniendo una lámpara.

Dentro había una india joven acostada en una litera de madera. Hacía dos días que luchaba por dar a luz. Todas las viejas del campamento habían estado ayudándola. Los hombres se iban al camino y se sentaban a fumar en la oscuridad, lejos del ruido que hacía la mujer. Esta gritó justo cuando Nick y los dos indios entraron en la choza siguiendo a su padre y al tío George. La mujer estaba en la litera inferior. Se veía un bulto enorme debajo de la colcha. Tenía la cabeza vuelta hacia un lado. En la litera de arriba estaba su marido. Se había cortado un pie con el hacha hacía tres días. Estaba fumando en pipa. El cuarto olía muy mal.

El padre de Nick ordenó que pusieran agua a calentar, y mientras se calentaba el agua le habló a Nick:

—Esta señora va a tener un bebé —le dijo.

—Ya lo sé —dijo Nick.

—No, no lo sabes —dijo su padre—. Escúchame. Está sufriendo los dolores del parto. El bebé quiere nacer y ella quiere que nazca. Hace un esfuerzo con todos los músculos para que nazca el bebé. Eso es lo que sucede cuando grita.

—Ya veo —dijo Nick.

Justo en ese momento la mujer gritó.

—Papá, ¿no puedes darle algo para que deje de gritar? —preguntó Nick.

—No, no tengo ningún anestésico —dijo su padre—. Pero los gritos no importan. No los oigo, porque los gritos no importan.

En la litera superior el marido se volvió hacia la pared.

La mujer que estaba en la cocina le indicó con una seña al médico que el agua estaba caliente. El padre de Nick fue a la cocina y vertió la mitad del agua de la enorme pava en una palangana. Desplegó un pañuelo y sacó varias cosas, que puso en el agua que quedaba en la pava.

—Deben hervir —dijo, y empezó a lavarse las manos en la palangana de agua caliente con una pastilla de jabón que había llevado del campamento.

Nick observó cómo su padre se restregaba las manos con el jabón. Mientras se lavaba con mucho cuidado, empezó a hablar:

—¿Te das cuenta, Nick? Los bebés deben nacer de cabeza, pero a veces no lo hacen. Entonces dan mucho trabajo a todo el mundo. Quizá tenga que operar a esta señora. Lo sabremos dentro de poco.

Cuando quedó satisfecho con la higiene de sus manos, entró para empezar a trabajar.

—Levanta la colcha, ¿quieres, George? —dijo—. Prefiero no tocarla.

Más tarde, cuando empezó a operar, el tío George y tres indios sujetaron a la mujer. Esta mordió al tío George en el brazo y el tío George la maldijo y el indio joven que había remado se rio. Nick sostenía la palangana. Pasó mucho tiempo.

Su padre tomó al bebé y le pegó para que respirara y se lo dio a la vieja.

—Fíjate, es un varón, Nick —dijo—. ¿Te gusta ser médico?

—Sí, me gusta —contestó Nick. Miraba a otra parte para no ver lo que hacía su padre.

—Bueno, ya está —dijo su padre, y puso algo en la palangana. Nick no miró.

—Ahora —continuó su padre— hay que dar unas puntadas. Puedes mirar o no, Nick; como quieras. Voy a coser la incisión que he hecho.

Nick no miró. Ya hacía mucho que se le había ido la curiosidad.

Su padre terminó y se puso de pie. El tío George y los tres indios también se incorporaron. Nick llevó la palangana a la cocina.

El tío George se miró el brazo. El indio joven sonrió, recordando.

—Te voy a poner un poco de agua oxigenada, George —dijo el médico.

Se inclinó sobre la mujer india. Ahora estaba quieta y tenía los ojos cerrados. Estaba muy pálida. No sabía qué le había pasado al niño ni nada.

—Volveré mañana —dijo el médico, poniéndose en pie—. La enfermera debe llegar de St. Ignace para el mediodía y traerá todo lo que necesitamos.

Se sentía exaltado y conversador, igual que los jugadores de fútbol en el vestuario después de un partido.

—Un caso para los anales de la medicina, George —dijo—. Una cesárea con un cortaplumas y luego las puntadas con hilo de tripa.

El tío George estaba apoyado contra la pared, mirándose el brazo.

—Eres un gran hombre, no hay duda —dijo.

—Vamos a echarle un vistazo al orgulloso padre. Generalmente son los que sufren en estos casos —dijo el médico—. Debo reconocer que ha guardado silencio.

Apartó la colcha, dejando al descubierto la cabeza del indio. Cuando retiró la mano, estaba húmeda. Se subió al borde de la litera inferior con la lámpara en la mano, y miró. El indio yacía con el rostro vuelto hacia la pared. Se había cortado la garganta de oreja a oreja. La sangre había corrido haciendo un charco en el pozo que formaba su cuerpo. Tenía la cabeza apoyada sobre el brazo izquierdo. Entre las sábanas estaba la navaja, con el filo hacia arriba.

—Saca a Nick de la choza, George —dijo el médico.

No había necesidad de decirlo. Nick, de pie en la puerta de la cocina, había visto perfectamente bien la litera superior cuando su padre, con la lámpara en la mano, había echado hacia atrás la cabeza del indio.

Empezaba a despuntar el alba cuando regresaron por el sendero hacia el lago.

—Siento muchísimo haberte traído, Nickie —dijo su padre. Ya había desaparecido la alegría de después de la operación—. Ha sido algo horrible para que estuvieras tú.

—¿Siempre les cuesta tanto a las mujeres tener bebés? —preguntó Nick.

—No, ha sido excepcional, verdaderamente excepcional.

—¿Por qué se mató, papá?

—No sé, Nick. No lo pudo soportar, supongo.

—¿Se matan muchos hombres, papá?

—Muchos, no.

—¿Muchas mujeres?

—Casi nunca.

—¿Nunca?

—Oh, sí. Algunas veces.

—¿Papaíto?

—¿Sí?

—¿Adónde ha ido el tío George?

—Enseguida volverá.

—¿Cuesta morir, papá?

—No, creo que es bastante fácil, Nick. Todo depende.

Ya estaban sentados en el bote, Nick en la popa, mientras su padre remaba. Salía el sol sobre las colinas. En el agua saltó una perca, formando un círculo en el agua. Nick sumergió la mano. Estaba tibia a pesar del frío de la mañana.

En el amanecer en medio del lago, sentado en la popa mientras su padre remaba, estuvo seguro de que él no moriría nunca.

II

Los minaretes despuntaban bajo la lluvia en Adrianópolis por toda la región pantanosa. Los carros estaban atascados a lo largo de unos cincuenta kilómetros en el camino de Karagatch. Los búfalos y el ganado tiraban de los carros en el fango. Sin principio, ni fin. Solo carros cargados con todo lo que tenían. Los viejos y las mujeres, empapados, seguían caminando, manteniendo el ganado en movimiento. Las aguas del Maritza corrían amarillas casi hasta el puente. Los carros avanzaban, atascados sobre él, con los camellos meneándose entre ellos. La caballería griega se amontonaba en medio de la procesión. Mujeres y niños iban en los carros acurrucados entre colchones, espejos, máquinas de coser, fardos. Había una mujer dando a luz, sobre la que una muchacha joven sostenía una colcha y lloraba. Miraba, muerta de miedo. Llovió durante toda la evacuación.

El médico y su mujer

Dick Boulton llegó desde el campamento indio para cortar troncos para el padre de Nick. Llevó consigo a su hijo Eddy y a otro indio llamado Billy Tabeshaw. Aparecieron por la parte de atrás, Eddy con la sierra larga de trozar. Sobresalía del hombro y hacía un sonido musical con cada paso de Eddy. Billy Tabeshaw llevaba dos palancas con ganchos y Dick tres hachas bajo el brazo.

Se volvió para cerrar la puerta del jardín. Los demás siguieron adelante hasta la playa, donde estaban los troncos, enterrados en la arena.

Los troncos se habían desprendido de las maderadas que arrastraba el barco *Magic* rumbo al molino. Habían flotado hasta la playa y si no se hacía algo enseguida, tarde o temprano los tripulantes del *Magic* irían a la playa en un bote, les clavarían un perno de hierro con una argolla a cada uno y los arrastrarían al agua, llevándoselos. Pero quizá no acudirían nunca porque unos pocos troncos no valían la pena y no justificaban el trabajo. Si nadie los sacaba se pudrirían en la playa.

El padre de Nick siempre suponía que pasaría eso y contrataba a unos indios para que cortaran los troncos en leños para el hogar.

Dick Boulton pasó junto a la casa camino del lago. Había cuatro troncos de haya casi enterrados en la arena. Eddy colgó la sierra por uno de los mangos de la horqueta en un árbol. Dick dejó las tres hachas sobre el pequeño muelle. Dick era mestizo, aunque muchos de los granjeros de la zona lo tomaban por blanco. Era muy holgazán, pero una vez que iniciaba algo era un trabajador excelente. Sacó un rollo de tabaco del bolsillo, mordió un poco y habló en ojibway a Eddy y a Billy Tabeshaw.

Hundieron los ganchos en uno de los troncos y se apoyaron en la palanca para aflojarlo. Volcaron todo el peso del cuerpo hasta que el tronco se movió en la arena. Dick Boulton se volvió hacia el padre de Nick.

—Bueno, Doc —dijo—, ha robado una buena cantidad de madera.

—No me hables de esa manera, Dick —dijo el médico—. Es madera que ha traído la corriente.

Eddy y Billy Tabeshaw habían sacado el tronco de la arena y lo arrastraban hacia el agua.

—¡Mojadlo! —les gritó Dick Boulton.

—¿Por qué hacen eso? —preguntó el médico.

—Para lavarlo. Para quitarle la arena. Quiero ver a quién pertenece —dijo Dick.

El tronco flotaba en el agua. Eddy y Billy Tabeshaw se apoyaron sobre sus palancas, sudando bajo el sol. Dick se arrodilló en la arena y miró la marca del martillo del rascador en el extremo del tronco.

—Es de White y McNally —dijo, poniéndose de pie y sacudiéndose los pantalones.

El médico se sentía muy incómodo.

—Entonces es mejor que no sierres en leños, Dick —dijo, con tono cortante.

—No se enoje, Doc —dijo Dick—. No se enoje. No me importa a quién roba. No es asunto mío.

—Si piensas que los troncos son robados, no los toques y llévate las herramientas de vuelta al campamento —dijo el médico. Tenía la cara roja.

—No se quede a medias, Doc —dijo Dick, escupiendo saliva mezclada con tabaco sobre el tronco, que se deslizó hacia el agua—. Usted sabe tan bien como yo que son robados, pero a mí no me importa.

—Muy bien. Si piensas que los troncos son robados, reúne tus cosas y vete.

—Vamos, Doc...

—Reúne tus cosas y vete.

—Escuche, Doc...

—Si me vuelves a llamar Doc te hago tragar los dientes.

—Eso sí que no, Doc.

Dick Boulton miró al médico. Dick era un hombre grande. Sabía que lo era. Le gustaba buscar pelea. Se sentía feliz peleando. Eddy y Billy Tabeshaw se apoyaron sobre sus palancas y miraron al médico. El médico se mordió los pelos de la barba que le nacían bajo el labio inferior y miró a Dick Boulton. Luego dio media vuelta y se encaminó de regreso a su casa. Hasta de espaldas se podía ver lo enojado que estaba. Lo observaron subir la colina y entrar en la casa.

Dick dijo algo en ojibway. Eddy rio, pero Billy Tabeshaw se quedó muy serio. No entendía el inglés, pero durante todo el intercambio de palabras había sudado. Estaba gordo y apenas tenía cuatro pelos en el bigote, como si fuera chino. Recogió las dos palancas. Dick recogió las hachas y Eddy bajó la sierra del árbol. Se pusieron en marcha y pasaron junto a la casa antes de llegar a la puerta que daba al bosque. Dick dejó la puerta abierta. Billy Tabeshaw se volvió para cerrarla. Desaparecieron entre los árboles del bosque.

En su casa, el médico, sentado en la cama de su cuarto, vio una pila de revistas de medicina sobre el suelo, junto al escritorio. Todavía estaban sin abrir, en las fajas donde habían sido enviadas. Eso lo irritó.

—¿No vas a trabajar, querido? —preguntó la mujer del médico desde el cuarto en el que estaba acostada, con las persianas bajadas.

—¡No!

—¿Pasa algo?

—He discutido con Dick Boulton.

—Oh —dijo la mujer—. Supongo que no habrás perdido los estribos, Henry...

—No —dijo el médico.

—Recuerda que quien gobierna su espíritu es más grande que quien conquista una ciudad —dijo su mujer. Era cientista cristiana. Su Biblia, su ejemplar de *Ciencia y Salud* y su revista trimestral estaban sobre una mesa junto a la cama en el cuarto a oscuras.

Su marido no dijo nada. Estaba sentado en su cama ahora, limpiando una escopeta. Apretó la recámara, que estaba llena de cartuchos amarillos, y los desparramó sobre la cama.

—¡Henry! —llamó su mujer. Luego hizo una pausa—. ¡Henry!

—¿Sí? —dijo el médico.

—No le dijiste nada a Boulton para que se enfadara, ¿verdad?

—No —dijo el médico.

—¿Por qué ha sido la discusión, querido?

—Por nada importante.

—Dímelo, Henry. Por favor, no trates de esconderme nada. ¿Por qué ha sido la discusión?

—Bueno, Dick me debe mucho dinero porque salvé a su mujer de la pulmonía y supongo que quería buscar lío para así no tener que pagarme por mi trabajo.

Su mujer no dijo nada. El médico limpió la escopeta cuidadosamente con un trapo. Volvió a colocar los cartuchos contra el resorte de la cámara. Se quedó sentado con la escopeta sobre las rodillas. Estimaba mucho su escopeta. Luego se oyó la voz de su mujer desde el cuarto a oscuras:

—Querido, pienso que nadie debería hacer algo así.

—¿No? —dijo el médico.

—No. No puedo creer que alguien haga algo así deliberadamente.

El médico se puso de pie y colocó la escopeta en el rincón, detrás de la cómoda.

—¿Vas a salir, querido?

—Me parece que voy a ir a caminar un rato —dijo el médico.

—Si ves a Nick, querido, dile por favor que su madre quiere verlo.

El médico salió del porche. La puerta mosquitera se cerró de un portazo tras de él. Su mujer contuvo el aliento al oír el portazo.

—Perdón —dijo él junto a la ventana que tenía las persianas bajadas.

—No pasa nada, querido —dijo ella.

Él caminó por el sendero hacia el bosque de abetos. Hacía mucho calor, pero en el bosque se estaba fresco, hasta en un día así. Encontró a Nick sentado contra un árbol, leyendo.

—Tu madre quiere que vayas a verla —dijo.

—Quiero ir contigo —dijo Nick.

Su padre lo miró.

—Está bien. Vamos, entonces —dijo—. Dame el libro. Lo pondré en mi bolsillo.

—Sé dónde hay ardillas negras, papaíto —dijo Nick.

—Muy bien —dijo su padre—. Vamos allí entonces.

III

Estábamos en un jardín en Mons. El joven Buckley llegó con su patrulla desde el otro lado del río. El primer alemán que vi trepó por la tapia del jardín. Esperamos hasta que pasó una pierna y entonces lo acribillamos. Tenía un montón de equipo y miró muy sorprendido y cayó dentro del jardín. Luego llegaron tres más por la tapia. Los acribillamos. Todos cayeron igual.

El fin de algo

En los viejos tiempos Hortons Bay era un pueblo de leñadores. Ningún habitante estaba fuera del alcance del ruido que hacían las grandes sierras del aserradero, junto al lago. Luego llegó un momento en que se acabaron los troncos que aserrar. Entonces las goletas de los madereros llegaron a la bahía a buscar la madera cortada que estaba amontonada en el patio del aserradero. Se llevaron todas las pilas de madera. Desmontaron toda la maquinaria del aserradero, la cargaron en una goleta y los hombres que habían trabajado antes en el aserradero se la llevaron. La goleta se alejó de la bahía y se internó en el lago cargada con las dos grandes sierras, el aparato que arrojaba los troncos contra las dos sierras circulares y todos los rodillos, ruedas, correas y herramientas apiladas en el casco. Cubrieron todo con lonas y las ataron bien. Una vez henchidas las velas al barco, este empezó a navegar por el lago, llevándose todo lo que había hecho del aserradero un aserradero y de Hortons Bay, un pueblo.

Los barracones de una sola planta, la cantina, el almacén de la compañía, las oficinas del aserradero y el gran aserradero mismo estaban desiertos en medio del serrín que cubría la pantanosa pradera, junto a la orilla de la bahía.

Diez años después no quedaba nada del aserradero, excepto los cimientos de piedra caliza que Nick y Marjorie vieron a través del bosque renacido mientras remaban junto a la orilla del lago. Estaban pescando a lo largo del canal que de repente caía en picado hasta alcanzar una profundidad de casi cuatro metros de agua oscura. Se dirigían al promontorio a colocar sedales nocturnos para pescar truchas de California.

—Allí están nuestras viejas ruinas, Nick —dijo Marjorie.

Nick, mientras remaba, observó la piedra blanca entre los verdes árboles.

—Allí están —dijo.

—¿Recuerdas cuando era un aserradero? —preguntó Marjorie.

—Apenas lo recuerdo —dijo Nick.

—Parece más bien un castillo —dijo Marjorie.

Nick no dijo nada. Siguieron remando hasta perder de vista el aserradero, siempre siguiendo la orilla. Luego Nick atravesó la bahía.

—No pican —dijo.

—No —dijo Marjorie.

Estaban pendientes de la caña todo el tiempo, incluso mientras hablaban. A ella le encantaba pescar. Le encantaba pescar con Nick.

Muy cerca del bote una trucha grande sacudió la superficie del agua. Nick remó con fuerza para dar la vuelta y hacer que el cebo se acercara a donde estaba la trucha. Cuando el lomo de la trucha emergió del agua, los pececitos que usaban como carnada se debatieron salvajemente. Se esparcieron por la superficie como si alguien hubiera disparado una carga de municiones al agua. Otra trucha saltó del otro lado del bote.

—Están comiendo —dijo Marjorie.

—Pero no van a picar —dijo Nick.

Volvió a dar la vuelta para pasar junto a los dos peces y después se encaminó al promontorio. Marjorie no recogió el sedal hasta que atracaron.

Avanzaron con el bote por la playa y Nick sacó un balde con percas vivas. Las percas nadaban en el agua del balde. Nick extrajo tres, les cortó la cabeza y les quitó la piel mientras Marjorie buscaba otro pez en el balde. Por fin agarró uno, le cortó la cabeza y le quitó la piel. Nick miró el pescado de ella.

—No le debes quitar la aleta ventral —dijo—. Sirve lo mismo para cebo, pero es mejor si tiene la aleta ventral.

Pasó el anzuelo por la cola de las percas peladas. Cada caña tenía dos anzuelos. Marjorie remó hasta el banco, sujetando el sedal entre los dientes, mientras Nick se quedaba en la orilla desenrollando el sedal de su caña.

—¡Ya está bien! —gritó Nick.

—¡¿Lo suelto?! —gritó Marjorie en respuesta mientras sujetaba el sedal con la mano.

—Sí, suéltalo.

Marjorie lo dejó caer, mirando cómo los cebos penetraban en el agua.

Regresó con el bote y volvió a repetir la operación con el otro sedal. Las dos veces Nick colocó una pesada tabla haciendo cruz con el extremo de la caña para que estuviera firme, y una madera pequeña formando ángulo. Devanó el sedal lentamente para que se pusiera tirante y pudiera hacer que la carnada descansara sobre el suelo arenoso del canal; luego aseguró el carrete regulador. Cuando una trucha se acercara a comer, el hilo daría un tirón y se produciría un ruido en el trinquete.

Marjorie se acercó con mucho cuidado al promontorio para no mover el sedal. Luego remó con rapidez hasta la playa. El bote produjo unas olas pequeñas. Marjorie se bajó del bote y Nick lo arrastró a la playa.

—¿Qué sucede, Nick? —preguntó Marjorie.

—No sé —dijo él, mientras reunía leña para el fuego.

Encendieron el fuego con la madera que el agua había arrastrado hasta la playa. Marjorie fue hasta el bote a buscar una manta. La brisa del atardecer llevaba el humo hacia el promontorio. Marjorie extendió la manta en el espacio que quedaba entre el fuego y el lago.

Marjorie se sentó sobre la manta, de espaldas al fuego, esperando a Nick. Este volvió y se sentó a su lado, sobre la manta. Detrás de ellos estaba el bosque renacido del promontorio, y enfrente la bahía con la desembocadura del arroyo Hortons. No estaba del todo oscuro. La luz de la fogata llegaba hasta el agua. Desde donde estaban podían ver las dos cañas de acero sobre el agua oscura. El resplandor del fuego se reflejaba en las cañas.

Marjorie abrió la cesta con la cena.

—No tengo ganas de comer —dijo Nick.

—Vamos, come, Nick.

—Bueno.

Comieron sin pronunciar palabra, observando las dos cañas y el reflejo del fuego en el agua.

—Esta noche habrá luna —dijo Nick. Dirigió la mirada a través de la bahía, contemplando las colinas que se recortaban contra el cielo. La luna estaba subiendo detrás de las colinas.

—Ya lo sé —dijo Marjorie, feliz.

—Lo sabes todo —dijo Nick.

—¡Oh, Nick, por favor, basta ya! ¡No seas así, por favor!

—No puedo evitarlo —dijo Nick—. Es así. Tú lo sabes todo. Eso es lo malo, y lo sabes.

Marjorie no dijo nada.

—Te he enseñado todo. Sabes que es así. ¿Qué es lo que no sabes, por ejemplo?

—Cállate —dijo Marjorie—. Ya sale la luna.

Permanecieron sentados en la manta, sin tocarse, mirando la luna.

—No sé por qué dices tonterías —dijo Marjorie—. ¿Qué te sucede, en realidad?

—No lo sé.

—Por supuesto que lo sabes.

—No, no lo sé.

—Vamos, dilo.

Nick miró la luna que subía por detrás de las colinas.

—Ya no me divierte.

Temía mirar a Marjorie. Pero la miró. Estaba sentada, dándole la espalda. Le miró la espalda.

—Ya no me divierte. Nada.

Ella guardó silencio. Él prosiguió:

—Me siento como si todo se hubiera ido al diablo dentro de mí. No sé, Marge. No sé qué decir.

Siguió mirándole la espalda.

—¿El amor ya no te divierte? —dijo Marjorie.

—No —dijo Nick.

Marjorie se puso en pie. Nick se quedó sentado, con la cabeza entre las manos.

—Me llevo el bote —dijo Marjorie—. Tú puedes volver a pie.

—Está bien —dijo Nick—. Espera, te ayudo con el bote.

—No hace falta —dijo ella, y enseguida se subió al bote y empezó a remar bajo la luz de la luna.

Nick volvió y se acostó boca abajo sobre la manta, junto al fuego. Oía el ruido que hacía Marjorie al remar.

Se quedó tumbado durante largo rato. Después oyó que llegaba Bill, a través del bosque. Supo que se acercaba al fuego. Bill tampoco lo tocó.

—¿Se ha ido de verdad? —dijo Bill.

—Oh, sí —dijo Nick, con la cara apoyada en la manta.

—¿Ha montado una escena?

—No, no ha habido ninguna escena.

—¿Cómo te sientes?

—¡Ay, vete, Bill! Vete y déjame solo un rato.

Bill eligió un sándwich de la cesta y fue a echar un vistazo a las cañas.

IV

Era un día de un calor terrible. Habíamos hecho una barricada ab-
solutamente perfecta sobre el puente. Sencillamente, era inestimable.
Era una gran verja de hierro forjado que habíamos cogido de una
casa. Demasiado pesada para alzarla, se podía disparar a través de
ella y los enemigos tendrían que treparla. Absolutamente magnífica.
Ellos intentaron saltarla, y nosotros les disparamos desde cuarenta
metros. Se precipitaron, y los oficiales fueron saliendo, uno por uno,
y forcejearon. Los oficiales eran muy buenos. El obstáculo era absolu-
tamente perfecto. Sus oficiales eran muy buenos. Nos produjo un pa-
vor terrible que el flanco hubiera cedido, y tuvimos que retroceder.

El vendaval de tres días

Dejó de llover cuando Nick enfiló por el camino que cruzaba el huerto. Ya habían cortado la fruta y el viento de otoño soplaba entre los árboles desnudos. Nick se detuvo a recoger una manzana caída a un lado del camino, que brillaba, mojada por la lluvia, entre el pasto seco. La guardó en un bolsillo de su abrigo.

El camino llevaba hasta la cima de la colina. Allí estaba la casa de campo, con el porche vacío y la chimenea humeante. En la parte de atrás se encontraban el garaje, el gallinero y el bosque renacido, que formaba una especie de seto frente a los bosques de detrás. Los grandes árboles se agitaban al viento. Era la primera tormenta del otoño.

Mientras Nick atravesaba el campo abierto que se extendía entre el huerto y la casa, se abrió la puerta y apareció Bill. Se quedó en el porche, mirando.

—Hola, Wemedge —dijo.

—Hola, Bill —dijo Nick, subiendo los escalones.

Los dos permanecieron allí, mirando el campo, el huerto, y más allá del camino y de los campos más bajos, el promontorio del lago. El viento soplaba desde el lago. Se divisaban las olas alrededor del promontorio.

—Hay mucho viento —dijo Nick.

—Durará tres días —dijo Bill.

—¿Está tu padre?

—No. Ha salido a cazar. Entra.

Nick entró en la cabaña. Ardía un gran fuego en la chimenea. El viento lo hacía rugir. Bill cerró la puerta.

—¿Quieres un trago? —preguntó.

Fue a la cocina y regresó con dos vasos y una jarra de agua. Nick bajó la botella de whisky que estaba en un estante sobre el hogar.

—¿Está bien? —dijo.

—Muy bien —dijo Bill.

Se sentaron enfrente del fuego a beber el whisky irlandés con agua.

—Tiene un gusto bueno, como ahumado —dijo Nick mirando el fuego a través del vaso.

—Es por el carbón de turba —dijo Bill.

—Es imposible mezclar carbón de turba con alcohol —dijo Nick.

—Eso no tiene nada que ver —dijo Bill.

—¿Has visto alguna vez carbón de turba? —preguntó Nick.

—No —dijo Bill.

—Yo tampoco —dijo Nick.

Los zapatos de Nick, que estaban cerca del fuego, empezaron a echar vapor.

—Será mejor que te quites los zapatos —dijo Bill.

—No tengo calcetines.

—Quítatelos y deja que se sequen y te traeré unos calcetines —dijo Bill.

Fue al piso de arriba y Nick lo oyó caminar sobre su cabeza. El piso de arriba no tenía techo y era donde dormían Bill y su padre, y también Nick, algunas veces. En la parte de atrás había un lavabo. Cuando llovía ponían los catres en el lavabo y los cubrían con mantas de goma.

Bill bajó con un par de gruesos calcetines de lana.

—Ya hace frío para andar sin calcetines —dijo.

—Odio tener que ponérmelos de nuevo —dijo Nick. Se los puso y se reclinó en la silla, apoyando los pies sobre la pantalla protectora que estaba enfrente del fuego.

—Vas a abollar la pantalla —dijo Bill.

Nick colocó los pies a un lado del hogar.

—¿Tienes algo para leer? —preguntó.

—Solo el diario.

—¿Cómo acabaron los Cardinals?

—Perdieron dos partidos contra los Giants.

—Eso debería sosegarlos.

—Es un robo —dijo Bill—. Mientras McGraw siga comprando a los mejores jugadores de la liga no hay nada que hacer.

—No puede comprarlos a todos —dijo Nick.

—Compra a todos los que quiere —dijo Bill—. O hace que estén disconformes para que entonces el otro equipo se vea obligado a hacer un trueque.

—Como con Heine Zim —asintió Nick.

—Ese imbécil le vendrá bien.

Bill se puso de pie.

—Sabe batear —dijo Nick. El fuego le abrasaba las piernas.

—Es un buen jugador —dijo Bill—. Pero su equipo no gana.

—A lo mejor por eso lo quiere McGraw —sugirió Nick.

—Quizá —convino Bill.

—Siempre hay razones que uno desconoce —dijo Nick.

—Naturalmente. Pero sabemos bastante, para estar tan lejos.

—Es como cuando se apuesta a las carreras: se gana más si uno no ve los caballos.

—Así es.

Bill tomó la botella de whisky, cubriéndola por completo con su enorme mano. Sirvió whisky en el vaso de Nick.

—¿Cuánta agua?

—Mitad y mitad.

Se sentó en el suelo, junto a la silla de Nick.

—Me gusta cuando empiezan las tormentas de otoño, ¿a ti no? —dijo Nick.

—Muchísimo.

—Es la mejor época del año —dijo Nick.

—¿No sería horrible estar en la ciudad? —dijo Bill.

—Me gustaría ver los partidos durante el campeonato —dijo Nick.

—Ahora siempre se juega en Nueva York o en Filadelfia —dijo Bill—. Y eso no nos favorece, por la distancia.

—¿Ganarán los Cardinals alguna vez el campeonato?

—Nos moriremos sin saberlo —dijo Bill.

—Se volverían locos de contentos —dijo Nick.

—¿Te acuerdas de cuando tuvieron esa racha buena antes del accidente de tren?

—Claro que sí —dijo Nick, recordándolo.

Bill fue hacia la ventana a buscar el libro que había dejado allí al salir a recibir a Nick. Volvió con el libro en una mano y el vaso en la otra, y se sentó y apoyó la espalda contra la silla de Nick.

—¿Qué estás leyendo?

—*Richard Feverel*.

—Yo tuve que dejarlo.

—Está bien —dijo Bill—. Es un buen libro, Wemedge.

—¿Qué otra cosa tienes que yo no haya leído? —preguntó Nick.

—¿Leíste *Forest Lovers*?

—Sí. Ese es el libro en que se acuestan todas las noches separados por una espada.

—Es un buen libro, Nick.

—Es buenísimo. Lo que nunca pude entender es lo que quiere significar la espada. Debe estar siempre con el filo hacia arriba, porque si la dejan plana se pueden acostar sobre ella y no pasa nada.

—Es un símbolo —dijo Bill.

—Claro, pero poco práctico.

—¿Has leído *Fortitude*?

—Es un buen libro —dijo Nick—. Verdaderamente bueno. Es ese en que el padre lo persigue todo el tiempo. ¿Tienes otro de Walpole?

—*The Dark Forest* —dijo Bill—. Va sobre Rusia.

—¿Qué sabe él de Rusia? —preguntó Nick.

—No sé. Nunca se puede estar seguro acerca de gente así. A lo mejor estuvo en Rusia cuando era niño. En el libro da mucha información.

—Me gustaría conocerlo personalmente —dijo Nick.

—A mí me gustaría conocer a Chesterton.

—Ojalá estuviera aquí con nosotros ahora —dijo Nick—. Mañana lo llevaríamos a pescar a Charlevoix.

—A lo mejor no le gusta pescar —dijo Bill.

—Claro que le gusta —dijo Nick—. Debe de ser el mejor tipo que existe. ¿Te acuerdas de «The Flying Inn»?

> *Si un ángel del cielo*
> *te da algo de beber,*
> *agradécele sus buenas intenciones,*
> *pero vuélcalas en el vertedero.*

»—Así es —dijo Nick—. Debe de ser mejor tipo que Walpole.

—Claro que es mejor —dijo Bill—. Pero Walpole es mejor escritor.

—No sé —dijo Nick—. Chesterton es un clásico.

—Walpole también —insistió Bill.

—Ojalá estuvieran los dos aquí —dijo Nick—. Mañana los llevaríamos a los dos a Charlevoix.

—Vamos a emborracharnos —dijo Bill.

—Bueno —dijo Nick.

—A mi viejo no le importa —dijo Bill.

—¿Estás seguro? —dijo Nick.

—Lo sé —dijo Bill.

—Yo ya estoy un poco borracho —dijo Nick.

—No estás nada borracho —dijo Bill.

Se incorporó del suelo y tomó la botella de whisky. Nick le alcanzó su vaso y lo miró fijamente mientras Bill se lo llenaba.

—Sírvete el agua tú —dijo Bill—. Queda solo para otro trago.

—¿Hay más? —preguntó Nick.

—Hay mucho más, pero mi padre prefiere que beba solamente de las botellas que están abiertas.

—Claro —dijo Nick.

—Dice que lo que transforma a la gente en borrachos es abrir botellas —explicó.

—Así es —dijo Nick.

El argumento lo había impresionado. Nunca había pensado de esa manera. Siempre había supuesto que beber en soledad lo hace borracho a uno.

—¿Cómo es tu padre? —preguntó con mucho respeto.

—Es bueno —dijo Bill—. A veces se pone furioso.

—Es un buen tipo —dijo Nick. Se sirvió agua de la jarra. Vio cómo se mezclaba lentamente con el whisky. Había más whisky que agua.

—No te quepa duda de que lo es —dijo Bill.

—Mi viejo es bueno.

—Es buenísimo —dijo Bill.

—Dice que nunca ha tomado un trago en su vida —dijo Nick, como si anunciara un hecho científico.

—Bueno, es médico. Mi viejo es pintor. Esa es la diferencia.

—Se ha perdido muchas cosas —dijo Nick con tristeza.

—No se puede decir eso —dijo Bill—. Todo tiene sus compensaciones.

—Él mismo lo dice —confesó Nick.

—Bueno, mi padre ha tenido una vida dura —dijo Bill.

—Todo se compensa —dijo Nick.

Se quedaron callados mirando el fuego, pensando en esa profunda verdad.

—Voy a traer un leño de la galería de atrás —dijo Nick.

Había notado que el fuego se estaba apagando. También quería demostrar que el alcohol no lo afectaba y que podía seguir siendo una persona práctica. Aunque su padre no hubiera probado nunca una gota, Bill no iba a emborracharse antes de que él mismo estuviera borracho.

—Trae uno de esos leños grandes de haya —dijo Bill. También estaba tratando conscientemente de mostrarse práctico.

Nick entró con el leño por la cocina y al pasar derribó una cacerola de la mesa. Dejó el leño y recogió la cacerola. En ella había habido albaricoques secos en remojo. Con cuidado recogió todos los albaricoques, algunos de los cuales habían rodado hasta debajo de la cocina, y volvió a ponerlos en la cacerola. Vertió más agua de un balde que había junto a la mesa. Se sentía orgulloso. Había actuado de manera muy práctica.

Entró en la estancia con el leño y Bill se levantó para ayudarlo a ponerlo en el hogar.

—Es un hermoso leño —dijo Nick.

—Lo estaba guardando para el mal tiempo —dijo Bill—. Un leño así arde toda la noche.

—Van a quedar brasas para hacer el fuego mañana —dijo Nick.

—Así es —asintió Bill. Estaban manteniendo una conversación de alto nivel.

—Tomemos otro trago —dijo Nick.

—Creo que hay otra botella abierta en el armario —dijo Bill.

Se arrodilló en el rincón frente al armario y sacó una botella cuadrada.

—Es whisky escocés —dijo.

—Voy a traer agua —dijo Nick.

Volvió a la cocina. Llenó la jarra con el cucharón, sacando el agua del balde. De regreso al salón pasó frente a un espejo en el comedor y se miró. Su rostro tenía un aspecto extraño. Le sonrió al rostro reflejado en el espejo y este le devolvió la sonrisa. Guiñó un ojo y siguió su camino. No era su rostro, pero eso no importaba.

Bill sirvió la bebida.

—Has servido muchísimo —dijo Nick.

—Pero no para nosotros, Wemedge —dijo Bill.

—¿Por qué brindamos? —preguntó Nick, levantando el vaso.

—Brindemos por la pesca —dijo Bill.

—Muy bien —dijo Nick—. Caballeros, por la pesca.

—Por la pesca en todo el mundo —dijo Bill.

—Por la pesca brindamos —dijo Nick.

—Es mejor que el béisbol —dijo Bill.

—¿Cómo se nos ha ocurrido hablar de béisbol?

—Ha sido un error —dijo Bill—. El béisbol es un juego de brutos.

Apuraron los vasos.

—Ahora brindemos por Chesterton.

—Y por Walpole —agregó Nick.

Nick sirvió el whisky. Bill sirvió el agua. Se miraron. Se sentían muy bien.

—Caballeros —dijo Bill—, brindemos por Chesterton y por Walpole.

—Brindemos, caballeros —dijo Nick.

Bebieron. Bill volvió a llenar los vasos. Se sentaron en los sillones enfrente del fuego.

—Fuiste muy listo —dijo Bill.

—¿Qué quieres decir? —preguntó Nick.

—Al terminar con Marge —dijo Bill.

—Supongo que sí —dijo Nick.

—Era lo único que se podía hacer. Si no lo hubieras hecho, ahora estarías trabajando y ahorrando para casarte.

Nick no dijo nada.

—Una vez que un hombre se casa se acabó —prosiguió Bill—. Ya no le queda nada. Ni una mierda. Está acabado. Habrás visto a los tipos casados.

Nick no dijo nada.

—Se distinguen fácilmente —dijo Bill—. Tienen un aspecto satisfecho, de gordos casados. Están acabados.

—Seguro —dijo Nick.

—Probablemente fue desagradable romper —dijo Bill—, pero uno después siempre vuelve a enamorarse y entonces vuelve a sentirse bien. Uno puede enamorarse, pero no debe permitir que las mujeres lo arruinen.

—Sí.

—Si te hubieras casado con ella te habrías casado con toda su familia. Recuerda a su madre y a ese tipo con quien se casó.

Nick asintió con la cabeza.

—Los habrías tenido encima todo el tiempo: imagínate yendo a comer los domingos a su casa y ellos yendo a cenar a la tuya y a la madre diciéndole a Marge continuamente qué hacer y cómo comportarse.

Nick permaneció en silencio.

—Te zafaste muy bien —dijo Bill—. Ahora ella puede casarse con otro igual que ella y ser feliz. No se pueden mezclar el agua y el aceite. Es lo mismo que si yo me casara con Ida, la que trabaja para Stratton. Ella querría casarse, seguramente.

Nick no dijo nada. El efecto del alcohol había desaparecido dejándolo solo. Bill no estaba con él. Él no estaba sentado frente al fuego ni iba a ir a pescar mañana con Bill y su padre. No estaba borracho. El efecto se había evaporado. Todo lo que sabía era que una vez había tenido a Marjorie y que la había perdido. Se había ido, y él le había dicho que se fuera. Era todo lo que importaba. No iba a verla más. Tal vez, nunca más. Todo había terminado.

—Tomemos otro trago —dijo Nick.

Bill lo sirvió. Nick le echó un poco de agua.

—Si hubieras seguido con ella no estaríamos aquí ahora —dijo Bill.

Eso era verdad. Su plan original era volver a su casa y encontrar un empleo. Luego había pensado quedarse en Charlevoix todo el invierno para estar cerca de Marge. Ahora no sabía lo que iba a hacer.

—Probablemente tampoco iríamos de pesca mañana —dijo Bill—. Hiciste lo correcto, sin duda.

—No pude evitarlo —dijo Nick.

—Lo sé. Así sucede —dijo Bill.

—De repente todo había terminado —dijo Nick—. No sé cómo pasó. No pude evitarlo. Es como cuando empieza el vendaval de tres días y deja todos los árboles sin hojas.

—Bueno, ya terminó. Eso es lo que importa —dijo Bill.

—Fue culpa mía —dijo Nick.

—No importa de quién fue la culpa —dijo Bill.

—Supongo que no —dijo Nick.

Lo que importaba era que Marjorie se había ido y que probablemente no iba a verla nunca más. Le había dicho que iban a ir juntos a Italia y que se divertirían mucho. Ahora todo eso estaba terminado. Ya no había nada de todo aquello.

—Lo más importante es que se acabó —dijo Bill—. Te digo, Nick, que yo estaba preocupado mientras duró. Lo jugaste bien. Dicen que la madre está furiosa. Le dijo a un montón de gente que estabais comprometidos.

—No estábamos comprometidos —dijo Nick.

—Todo el mundo lo decía.

—Pero no era verdad.

—¿No ibais a casaros? —preguntó Bill.

—Sí. Pero no estábamos comprometidos —dijo Nick.

—¿Cuál es la diferencia? —preguntó Bill, con tino.

—No sé. Pero hay diferencia.

—Yo no la veo —dijo Bill.

—Está bien —dijo Nick—. Emborrachémonos.

—Está bien —dijo Bill—. Emborrachémonos de verdad.

—Emborrachémonos y después vayamos a nadar —dijo Nick. Tomó un trago—. Lo siento mucho por ella, pero ¿qué podía hacer yo? —dijo—. Ya sabes cómo es la madre.

—Es terrible —dijo Bill.

—De repente todo había terminado —dijo Nick—. No debería hablar de ello.

—No estás diciendo nada —dijo Bill—. He sido yo quien ha empezado y ahora he terminado. No volveremos a tocar el tema. No debes pensar en ello. Podrías volver a meterte.

A Nick no se le había ocurrido eso. Le había parecido tan terminante… Era una idea. Se sintió mejor.

—Seguro —dijo—. Siempre existe ese peligro.

Ahora se sentía feliz. No había nada irrevocable. Podía ir al pueblo el sábado por la noche. Estaban a jueves.

—Siempre hay una posibilidad —dijo.

—Has de tener cuidado —dijo Bill.

—Lo tendré —dijo.

Se sentía feliz. Nada había terminado. Nada estaba perdido jamás. Iría al pueblo el sábado. Se sentía más liviano, como antes de que Bill hubiera empezado a hablar del asunto. Siempre había una salida.

—Tomemos la escopeta y vayamos al promontorio a buscar a tu padre —dijo Nick.

—Está bien.

Bill bajó las escopetas de la percha y abrió una caja de cartuchos. Nick se puso el abrigo y los zapatos, que estaban duros. Todavía estaba bastante borracho, pero tenía la cabeza despejada.

—¿Cómo te sientes? —preguntó Nick.

—Muy bien. Te llevo un poco de ventaja —dijo Bill, abotonándose la chaqueta.

—Emborracharse no hace bien.

—No. Es mejor que salgamos.

Salieron. El viento había arreciado.

—Las aves se van a quedar agachadas entre el pasto con este viento —dijo Nick.

Caminaron hacia el huerto.

—Vi una perdiz esta mañana —dijo Bill.

—Ojalá la encontremos —dijo Nick.

—No se puede disparar con este viento —dijo Bill.

Fuera, el asunto Marge ya no era tan trágico. Ni siquiera era muy importante. A todas las cosas así se las llevaba el viento.

—Sopla desde el gran lago —dijo Nick.

En dirección contraria al viento les llegó el ruido sordo de un disparo.

—Ese es papá —dijo Bill—. Está en el pantano.

—Atajemos y vayamos para allá —dijo Nick.

—Atajemos por la pradera para ver si encontramos algo —dijo Bill.

—Muy bien —dijo Nick.

Nada importaba ahora. Se lo había llevado el viento. Siempre existía la posibilidad de ir al pueblo el sábado por la noche. Era algo muy bueno tener algo así en reserva.

V

Fusilaron a los seis ministros del gabinete a las seis y media de la mañana contra la tapia del hospital. Había charcos de agua en el patio. Había hojas secas sobre las baldosas del patio. Llovía con fuerza. Todas las persianas del hospital estaban herméticamente cerradas. Uno de los ministros se encontraba enfermo de tifus. Dos soldados lo cargaron escaleras abajo y lo sacaron a la lluvia. Trataron de sostenerlo de pie contra la tapia, pero él se sentó en un charco. Los otros cinco permanecieron de pie muy quietos contra la tapia. Finalmente el oficial les dijo a los soldados que era inútil intentar mantenerlo de pie. Cuando dispararon la primera descarga, el hombre estaba sentado en el agua con la cabeza apoyada en las rodillas.

El luchador

Nick se irguió. Estaba bien. Miró las luces del último vagón, que desaparecía en una curva. Había agua a ambos lados de la vía, y luego un bosque de alerces anegados.

Se tocó la rodilla. Se había roto los pantalones y tenía un raspón en la piel. Se había arañado las manos y tenía arena y cenizas debajo de las uñas. Siguió las vías en suave pendiente hasta llegar al agua y se lavó las manos. Se las lavó cuidadosamente en el agua fría y se limpió las uñas. Se agachó y se mojó la rodilla.

¡Ese guardafrenos asqueroso! Algún día le demostraría quién era él. Ya le daría su merecido. Bonita manera de proceder.

«Ven aquí, chico —le había dicho—. Tengo algo para ti.»

Y él se lo había tragado. Qué estupidez había hecho, qué chiquillada. Nunca lo iban a volver a engañar de esa manera.

«Ven aquí, chico, tengo algo para ti.» Y luego le dio un empujón y él cayó junto a la vía y se golpeó en las manos y en las rodillas.

Nick se restregó el ojo. Se le estaba hinchando. Iba a tener un ojo morado también. Ya le dolía. ¡Ese guardafrenos hijo de puta!

Se tocó la hinchazón. Bueno, a fin de cuentas no era más que un ojo morado. Eso era todo lo que le había pasado. No había salido tan mal parado. Ojalá pudiera vérselo. No se lo podía ver en el agua. Estaba oscuro y se encontraba lejos de todas partes. Se secó las manos en los pantalones y se levantó, y luego subió al terraplén que había junto a las vías.

Empezó a seguir la vía hacia el norte. Las piedritas y la arena estaban bien apretadas entre las traviesas y era fácil caminar. El terraplén cruzaba los pantanos. Nick siguió caminando. Debía llegar a alguna parte.

Nick había subido al tren cuando este aminoró el paso fuera del empalme Walton. El tren, y Nick en él, habían atravesado Kalkaska mientras empezaba a oscurecer. Ahora debía de estar cerca de Mancelona. Cinco o seis kilómetros de pantanos. Caminaba a lo largo de la vía, sobre los pedregullos. El pantano tenía una apariencia fantasmal ahora que empezaba a levantar la niebla. A Nick le latía el ojo, y tenía hambre. Siguió caminando, kilómetro tras kilómetro. El pantano seguía igual a ambos lados de las vías.

Delante había un puente. Nick lo cruzó. Sus botas producían un sonido metálico en el hierro. Abajo, el agua se veía negra entre las rendijas de las traviesas. Nick pateó un clavo suelto, que cayó al agua. Más allá del puente había colinas. Estaba oscuro a ambos lados de las vías. A lo lejos se veía una fogata.

Llegó al lugar de la fogata caminando con cautela. Estaba a un lado de la vía, debajo del terraplén. Solo había alcanzado a ver el resplandor. Las vías atravesaban un desmonte y en el lugar donde ardía la fogata empezaban el claro y, enseguida, el bosque. Nick bajó del terraplén con mucho cuidado y se internó en el bosque para llegar hasta la fogata a través de los árboles. Era un bosque de hayas e iba pisando los frutos caídos. El fuego era brillante ahora. Había un hombre sentado junto a la fogata. Nick se quedó detrás de un árbol, observando. El hombre parecía estar solo. Estaba sentado con la cabeza entre las manos, mirando el fuego. Nick echó a andar hacia él.

El hombre seguía sentado, mirando el fuego. No se movió cuando Nick se detuvo, muy cerca.

—Hola —dijo Nick.

El hombre levantó la vista.

—¿Y ese ojo morado? —dijo.

—Me ha pegado un guardafrenos.

—¿Te ha tirado del tren de carga?

—Sí.

—Conozco a ese hijo de puta —dijo el hombre—. Pasó por aquí hace como una hora y media. Estaba caminando sobre los vagones, cantando muy ufano.

—¡Hijo de puta!

—Se debe de haber sentido bien empujándote —dijo el hombre, serio.

—Ya le empujaré yo.

—Tírale una piedra cualquier día que pase —le aconsejó el hombre.

—Ya lo pillaré.

—Eres valiente, ¿eh?

—No —contestó Nick.

—Todos los chicos de tu edad sois fuertes.

—Hay que ser fuerte —dijo Nick.

—Eso es lo que yo dije.

El hombre miró a Nick y sonrió. A la luz del fuego, Nick vio que la cara del hombre estaba deformada. Tenía la nariz hundida, los ojos eran dos tajos y los labios tenían una forma muy extraña. Nick no se dio cuenta de todo esto a la vez. Al principio solo vio que la cara del hombre estaba deformada, mutilada. Era de color masilla. A la luz del fuego, parecía carne muerta.

—¿No te gusta mi cara? —preguntó el hombre.

Nick se sintió incómodo.

—Sí —dijo.

—¡Mira! —dijo, quitándose la gorra.

Tenía una sola oreja, gruesa y apretada contra el lado de la cara. En el lugar de la otra había un muñón.

—¿Alguna vez has visto algo igual?

—No —dijo Nick. Se sintió descompuesto.

—Conseguí aguantarlo —dijo el hombre—. ¿No crees que fui capaz de aguantarlo?

—Claro que sí.

—Todos se rompían las manos pegándome, pero no me hacían daño.

Miró a Nick.

—Siéntate —le dijo—. ¿Quieres comer algo?

—No te molestes —dijo Nick—. Voy camino del pueblo.

—Escucha —dijo el hombre—, llámame Ad.

—Bueno.

—Escucha —dijo el hombrecillo—, no estoy muy bien.

—¿Qué te pasa?

—Estoy loco.

Se puso la gorra. Nick sintió ganas de reír.

—Estás bien —dijo.

—No. Estoy loco. ¿Has estado loco alguna vez?

—No —dijo Nick—. ¿Y cómo te ocurrió?

—No sé —dijo Ad—. Cuando te da no lo sabes. Me conoces, ¿verdad?

—No.

—Soy Ad Francis.

—¿Me estás diciendo la verdad?

—¿No me crees?

—Sí.

Nick supo que decía la verdad.

—¿Sabes cómo los vencía?

—No —dijo Nick.

—Mi corazón late despacio. Tengo solo cuarenta latidos por minuto. Toca aquí.

Nick dudó.

—Vamos —dijo el hombre, tomándole la mano—, cógeme de la muñeca. Pon los dedos aquí.

La muñeca del hombrecillo era gruesa y musculosa. Nick sintió el pulso lento bajo los dedos.

—¿Tienes un reloj?

—No.

—Yo tampoco —dijo Ad—. Sin reloj no se puede.

Nick le soltó la muñeca.

—Escucha —dijo Ad Francis—, cógeme de la muñeca de nuevo. Tú cuenta y yo contaré hasta sesenta.

Sintiendo el pulso lento y pesado bajo los dedos, Nick empezó a contar. Oyó que el hombrecillo contaba lentamente, uno, dos, tres, cuatro, cinco, en voz alta.

—Sesenta —dijo Ad, cuando terminó—. Ha pasado un minuto. ¿Cuánto has contado?

—Cuarenta —dijo Nick.

—Muy bien —dijo Ad, feliz—. Nunca se adelanta.

Un hombre bajó del terraplén y atravesó el claro en dirección a la fogata.

—¡Hola, Bugs! —dijo Ad.

—¡Hola! —contestó Bugs. Era la voz de un negro. Nick se dio cuenta de que era un negro también por la manera como caminaba. Les dio la espalda, encorvado sobre el fuego. Luego se irguió.

—Este es mi amigo Bugs —dijo Ad—. Él también está loco.

—Encantado de conocerlo —dijo Bugs—. ¿De dónde dijo que es?

—De Chicago —dijo Nick.

—Una ciudad hermosa —dijo el negro—. No he oído bien su nombre.

—Adams. Nick Adams.

—Dice que nunca ha estado loco, Bugs —dijo Ad.

—Todavía es muy joven —dijo el negro. Estaba abriendo un paquete junto al fuego.

—¿Cuándo comemos, Bugs? —preguntó el boxeador.

—Enseguida.

—¿Tienes hambre, Nick?

—Muchísima.

—¿Has oído, Bugs?

—Oigo todo lo que pasa.

—Eso no es lo que te he preguntado.

—Sí. He oído todo lo que ha dicho el caballero.

Estaba poniendo lonchas de jamón en una sartén. Cuando se calentó, la grasa empezó a chisporrotear, y Bugs, arrodillado con sus largas piernas, dio la vuelta al jamón y rompió unos huevos en la sartén, levantándola un poquito para que los huevos se cocinaran en la grasa caliente.

—¿Quiere cortar el pan que está en esa bolsa, señor Adams? —dijo Bugs.

—Por supuesto.

Nick sacó un pan de la bolsa. Cortó seis rebanadas. Ad lo observó y se acercó a él.

—Préstame el cuchillo, Nick —dijo.

—No, eso no —dijo el negro—. No le dé el cuchillo, señor Adams.

El boxeador volvió a sentarse.

—¿Me trae el pan, por favor, señor Adams? —pidió Bugs.

Nick se lo alcanzó.

—¿Le gusta mojar el pan en la grasa? —preguntó el negro.

—¡Sí que me gusta!

—Será mejor que esperemos hasta después. Mejor al final de la comida. Tome.

El negro levantó una de las lonchas de jamón y la puso sobre una de las rebanadas de pan y luego sirvió un huevo.

—Póngale otra rebanada encima, ¿quiere?, y déselo al señor Francis, por favor.

Ad tomó el sándwich y empezó a comer.

—Cuidado con el huevo, que se le vuelca —advirtió el negro—. Este es para usted, señor Adams. El resto es para mí.

Nick dio un mordisco al sándwich. El negro estaba sentado al otro lado, junto a Ad. El jamón caliente y el huevo estaban deliciosos.

—Sí que tiene hambre el señor Adams —dijo el negro.

El hombrecillo que había sido campeón de boxeo estaba en silencio. No había pronunciado palabra desde que el negro había dicho eso acerca del cuchillo.

—¿Puedo ofrecerle una rebanada de pan mojada en la grasa del jamón? —dijo Bugs.

—Muchas gracias.

El hombrecillo miró a Nick.

—¿Quiere un poco, señor Adolph Francis? —le preguntó Bugs, con la sartén en la mano.

Ad no respondió. Estaba mirando a Nick.

—¿Señor Francis? —repitió el negro con voz suave.

Ad no respondió. Estaba mirando a Nick.

—Le estoy hablando, señor Francis —dijo el negro.

Ad seguía mirando a Nick. Tenía la gorra echada sobre los ojos. Nick se puso nervioso.

—¿Cómo puedes ser así? —le dijo bruscamente a Nick—. ¿Quién demonios crees que eres? Eres un mocoso hijo de puta. Vienes a donde nadie te invita y comes la comida de un hombre y cuando este te pide el cuchillo no se lo das.

Miró a Nick con furia. Tenía la cara blanca y no se le veían los ojos debajo de la gorra.

—Eres el típico caradura. ¿Quién diablos te ha invitado?

—Nadie.

—Claro que nadie. Nadie te ha pedido que te quedaras. Vienes y te haces el insolente, me miras la cara con insolencia, fumas mis cigarros y bebes mi licor y hablas con insolencia. ¿Cuándo vas a dejar de hacerlo?

Nick no dijo nada. Ad se levantó.

—Yo te enseñaré, cobarde hijo de puta. Te voy a romper la cara. ¿Me oyes?

Nick retrocedió. El hombrecillo avanzó hacia él despacio, arrastrando los pies, adelantando el pie izquierdo y arrastrando el derecho.

—Pégame —le dijo, moviendo la cabeza—. Vamos, intenta pegarme.

—No quiero pegarte.

—Así no te vas a salvar. Te voy a dar una paliza, ¿sabes? Ven y pégame primero.

—Cállese —dijo Nick.

—Muy bien, entonces, hijo de puta.

El hombrecillo le miró los pies a Nick. Cuando bajó la vista, el negro, que lo había seguido cuando se levantó, lo golpeó en la base del cráneo. El hombre se desplomó de bruces y Bugs dejó caer una cachiporra envuelta en un trapo. El hombrecillo quedó tendido con la cara en la hierba. El negro lo levantó y lo llevó junto al fuego; la cabeza le colgaba. Tenía los ojos abiertos y una expresión horrible. Bugs lo depositó suavemente.

—¿Me trae por favor el agua del balde, señor Adams? Me temo que le he pegado un poco fuerte.

El negro le echó un poco de agua en la cara y le tiró de la oreja suavemente. Cerró los ojos.

Bugs se levantó.

—Está bien —dijo—. No hay por qué preocuparse. Lo siento, señor Adams.

—No es nada. —Nick bajó la vista y miró al hombrecillo. Vio la cachiporra en el suelo y la recogió. Tenía un mango flexible y blando. Era de cuero negro, muy gastado, y con un pañuelo alrededor del extremo más grueso.

—El mango es de ballena —dijo el negro, sonriendo—. Ya no los fabrican así. No sabía si se sabía defender solo, y tampoco quería que fuera a lastimarlo o a marcarlo más de lo que está.

El negro volvió a sonreír.

—Usted mismo lo ha lastimado.

—Sé cómo hacerlo. No se acordará de nada cuando vuelva en sí. Tengo que hacerlo cuando se comporta así.

Nick seguía mirando al hombrecillo, que estaba acostado con los ojos cerrados junto al fuego. Bugs puso más leña.

—No tiene que preocuparse por él, señor Adams. Lo he visto así muchas veces.

—¿Por qué enloqueció?

—Por muchas cosas —respondió el negro—. ¿Quiere una taza de café, señor Adams?

Le dio la taza a Nick y alisó el abrigo que había colocado debajo de la cabeza del hombre inconsciente.

—Le dieron muchas palizas, entre otras cosas —dijo el negro, tomando un sorbo de café—. Pero eso lo volvió medio tonto simplemente. Además, su hermana también era su manager y siempre salía algo en los diarios acerca del amor entre hermanos y de cómo ella quería a su hermano y él a su hermana, y después se casaron en Nueva York y eso provocó consecuencias desagradables.

—Ya recuerdo.

—Seguro. Claro que de hermano y hermana no tenían nada, pero a mucha gente no le gustó la relación y ellos empezaron a pelearse y un día ella se fue y no regresó.

Bebió café y se secó la boca con la rosada palma de la mano.

—Enloqueció. ¿Quiere más café, señor Adams?

—Bueno, gracias.

—La he visto un par de veces —prosiguió el negro—. Era una mujer hermosa. Era tan parecida a él que podrían haber sido gemelos. Él no sería feo si no tuviera la cara tan rota.

Se interrumpió. Parecía que la historia había terminado.

—Lo conocí en la cárcel —dijo el negro—. Después de que ella se marchara, él empezó a pegarle a todo el mundo y lo metieron en la cárcel. Yo estaba preso por haber herido a un hombre.

Sonrió, y luego prosiguió, en voz baja:

—Le cogí simpatía y cuando salí lo busqué. Piensa que estoy loco, pero a mí no me importa. Me gusta estar con él y también recorrer el país y no tengo necesidad de robar. Me gusta vivir como un hombre decente.

—¿Qué hacen ustedes?

—Oh, nada. Recorremos el país. Él tiene dinero.

—Debe de haber ganado mucho dinero.

—Sí. Lo gastó todo, sin embargo. O se lo quitaron. Ella le manda dinero.

Atizó el fuego.

—Es una mujer extraordinaria —dijo—. Es tan parecida que podrían ser gemelos.

El negro miró al hombrecillo, que respiraba con fuerza. El pelo rubio le caía sobre la frente. Ahora que estaba dormido, su cara mutilada parecía la de un niño.

—Ahora puedo despertarlo en cualquier momento, señor Adams. Si no le importa, sería mejor que se fuera. No me gusta parecer inhospitalario, pero podría llegar a perturbarse si lo viera nuevamente. No quiero pegarle, pero es lo único que puedo hacer cuando se pone así. Tengo que mantenerlo lejos de la gente. No le importa, ¿verdad, señor Adams? No, no me dé las gracias, señor Adams. Se lo iba a advertir, pero parecía que usted le gustaba mucho y pensé que todo iría bien. Hay un pueblo como a unos tres kilómetros siguiendo por las vías. Se llama Mancelona. Adiós. Ojalá pudiéramos pedirle que pasara la noche con nosotros, pero es imposible. ¿Quiere llevar un poco de jamón y de pan? ¿No? Será mejor que se lleve un sándwich —dijo en voz baja, suave y educada, la voz típica de un negro.

—Bueno. Adiós, señor Adams. Adiós y buena suerte.

Nick se alejó del fuego y caminó en dirección a las vías del tren. Cuando estuvo fuera del alcance de la fogata se paró a escuchar. Se oyó la voz suave del negro, aunque Nick no pudo distinguir las palabras. Luego oyó que el hombrecillo decía:

—Tengo un dolor de cabeza terrible, Bugs.

—Ahora se sentirá mejor, señor Francis —dijo el negro—. Beba un poco de café caliente.

Nick subió al terraplén y empezó a caminar por la vía. Se dio cuenta de que tenía un sándwich de jamón en la mano y lo guardó en el bolsillo. Antes de tomar la curva que daba a la vía que más adelante se internaba en las colinas, se volvió para mirar y vio que el fuego se divisaba en el claro.

VI

Nick se sentó apoyado contra el muro de la iglesia, adonde lo habían arrastrado para alejarlo del fuego de la ametralladora de la calle. Sus piernas estaban en una posición extraña. Lo habían herido en la columna. Tenía la cara sucia y sudorosa. El sol se reflejaba en su cara. Hacía mucho calor. Rinaldi, con su enorme espalda y su equipo desparramado, estaba boca abajo contra el muro. Nick miraba hacia delante con los ojos brillantes. La pared rosada de la casa de enfrente se había desplomado del techo y una cabecera de hierro colgaba retorcida hacia la calle. Dos muertos austríacos yacían entre los cascotes a la sombra de la casa. Calle arriba había otros muertos. Todo iba bien en la ciudad. Los camilleros llegarían en cualquier momento. Nick volvió la cabeza para mirar a Rinaldi.

—Senta, Rinaldi. Senta. Usted y yo hemos firmado una paz por nuestra cuenta.

Rinaldi yacía inmóvil bajo el sol, respirando con dificultad.

—No somos patriotas.

Nick giró la cabeza con cuidado, sonriendo con dulzura. Rinaldi era un público decepcionante.

Un cuento muy corto

En las últimas horas de una tarde calurosa, en Padua, lo llevaron a la azotea y desde allí pudo disfrutar de una perspectiva alta de la ciudad. Las chimeneas se perfilaban contra el cielo. La noche tardó poco en llegar y se encendieron los reflectores. Los demás bajaron y se llevaron las botellas con ellos. Él y Luz los oían desde el balcón. Luz se sentó en la cama. Se la veía tranquila y lozana en la cálida noche.

Luz trabajó en turno de noche tres meses. Se lo permitieron con mucho gusto. Cuando lo operaron, ella lo preparó para la mesa de operaciones y le dijo ese día en son de broma: «O se porta bien, o un enema». Después llegó la anestesia, y él se sometió con el firme propósito de controlarse y no hablar de cualquier cosa en el momento de estúpida locuacidad. Cuando empezó a usar muletas, se tomaba la temperatura para que Luz no tuviera que levantarse de la cama. Había pocos pacientes y todos estaban al corriente. Todos apreciaban a Luz. Cuando él regresaba por los pasillos, pensaba en Luz en su cama.

Antes de que volviera al frente, entraron en el Duomo y rezaron. El lugar estaba oscuro y en silencio, y había otras personas rezando. Querían casarse, pero no había tiempo para las amonestaciones y ninguno de los dos tenía consigo la partida de nacimiento. Vivían como marido y mujer, pero querían que todos lo supieran, por lo que pudiera pasar.

Luz le escribió quince cartas que él recibió solo después del armisticio, que clasificó por orden cronológico y que leyó de corrido. Le hablaba del hospital y de cuánto lo quería. Le decía que era imposible vivir sin él y que de noche lo extrañaba de forma terrible.

Después del armisticio convinieron en que él volvería a su patria para conseguir un empleo que les permitiera casarse. Luz no iría hasta que él tuviera un buen trabajo, y entonces se encontrarían en Nueva York. Por supuesto, él no bebería y no querría ver a sus amigos ni a nadie en Estados Unidos. Solo obtener un empleo y casarse. En el tren de Padua a Milán discutieron sobre el hecho de que ella no quisiera irse a casa de inmediato. Se despidieron con un beso en la estación de Milán, pero no habían hecho las paces. Para él fue muy desagradable despedirse de esa forma.

Él volvió a Estados Unidos en un buque que zarpó de Génova. Luz regresó a Pordenone, donde se inauguraba un nuevo hospital. Era un lugar solitario y lluvioso, y un batallón de *arditi*, del ejército italiano, estaba acuartelado en la localidad. Ese invierno, en aquella ciudad lluviosa y llena de barro, el comandante del batallón le hizo el amor a Luz. Era el primer italiano que ella conocía. Finalmente, ella le escribió a Estados Unidos para decirle que lo suyo había sido solo un amorío de adolescentes. Lo lamentaba, y sabía que probablemente él no lo comprendería, pero quizá algún día la perdonaría y le estaría agradecido. Luz esperaba, algo absolutamente inesperado, casarse en primavera. Ella seguía queriéndolo, pero ahora comprendía que lo suyo había sido solo un amorío de adolescentes. Le deseaba una carrera magnífica, y creía en él de forma incondicional. Estaba segura de que aquello era lo mejor.

El comandante no se casó con ella en primavera, ni nunca. Luz jamás obtuvo respuesta de la carta que envió a Chicago. Poco tiempo después él contrajo gonorrea, contagiado por una vendedora de unos grandes almacenes de la zona comercial de Chicago mientras iban en un taxi por Lincoln Park.

VII

Mientras el bombardeo destrozaba la trinchera en Fossalta, él permanecía sentado en el suelo y sudaba y rezaba: «Ay Jesucristo sácame de aquí. Por favor sálvame querido Jesús. Querido Jesús por favor sácame. Cristo por favor por favor por favor Cristo. Si me salvas siquiera de que me maten haré todo lo que digas. Creo en ti y le diré a todos en el mundo que tú eres el único que importa. Por favor por favor querido Jesús». El bombardeo avanzó más allá en el frente. Nos pusimos a trabajar en la trinchera y por la mañana salió el sol y el día era caluroso y sofocante, alegre y sereno. A la noche siguiente, en Mestre, él no le contó lo de Jesús a la muchacha con la que subió a la Villa Rossa. Y nunca se lo contó a nadie.

El hogar del soldado

Antes de ir a la guerra, Krebs asistió a un colegio metodista en Kansas. Hay una fotografía en la que se lo ve con los miembros de la hermandad, todos ellos exactamente de la misma estatura y con la misma camisa de cuello alto. Se alistó en los marines en 1917 y no regresó a Estados Unidos hasta que la segunda división volvió del Rin, en el verano de 1919.

En otra fotografía se lo ve en el Rin con dos alemanas y un cabo. Los uniformes les quedan pequeños. Las chicas no son guapas. El Rin no aparece en la fotografía.

Para cuando Krebs regresó a su ciudad natal de Oklahoma, los vítores a los héroes ya se habían terminado. Volvió demasiado tarde. Todos los hombres de la ciudad que fueron reclutados ya habían sido vitoreados y agasajados a su regreso. Había habido un exceso de histeria. Ahora la reacción ya se había aplacado. La gente parecía pensar que era más bien ridículo que Krebs regresara tan tarde, años después de que terminara la guerra.

Al principio Krebs, que había estado en el bosque de Belleau, Soissons, la Champaña, Saint Mihiel y la Argonne, no quería hablar de la guerra en absoluto. Más tarde sintió la necesidad de hacerlo, pero nadie parecía querer oír hablar de ello. Su ciudad había oído demasiadas historias atroces para conmoverse por la realidad. Krebs vio que para que lo escucharan tendría que mentir, y después de hacerlo un par de veces se había producido en él una reacción contra la guerra y contra hablar del tema. La aversión por cuanto le había ocurrido en la guerra arraigó en él debido a las mentiras que había contado. Todas las ocasiones en que había conseguido sentirse frío y sereno por dentro, las ocasiones, ya lejanas en el tiempo, en que había hecho lo único que un hombre puede hacer, con desapego y naturalidad, cuando podría haber hecho otra cosa…, todas esas ocasiones perdieron su componente frío y valioso y se perdieron para siempre.

Sus mentiras eran bastante irrelevantes y consistían en atribuirse cosas que otros hombres habían hecho, visto u oído, y en hacer pasar por realidades ciertos incidentes anónimos comunes a todos los soldados. Incluso sus mentiras dejaron de causar sensación en el salón de los billares. Sus conocidos, que habían oído relatos detallados acerca de mujeres alemanas que eran encadenadas a las ametralladoras en la selva de Argonne, y que podían comprender, o se lo impedía hacerlo su patriotismo interesado, que hubiese ametralladoras alemanas sin gente encadenada, no se sentían conmovidos por sus relatos.

Krebs empezó a sentir repugnancia por sus experiencias como resultado de sus exageraciones, y cuando ocasionalmente conocía a otro hombre que en verdad había sido soldado y hablaban unos minutos en algún baile, adoptaba la cómoda actitud del soldado entre soldados: que había vivido absolutamente aterrado todo el tiempo. Y de esta forma lo perdió todo.

En aquella época, a finales del verano, se acostaba tarde y se levantaba tarde para ir a la biblioteca pública. Después almorzaba en su casa y leía en el porche hasta que se aburría, y entonces volvía a salir, e iba siempre al salón de billares, en cuya fresca oscuridad pasaba las horas más calurosas del día. Le encantaba jugar al billar.

Al anochecer se entretenía tocando el clarinete, daba una vuelta por la ciudad, leía y se acostaba. Seguía siendo un héroe para sus dos hermanas menores. Su madre le habría llevado el desayuno a la cama, si él lo hubiera deseado. Con frecuencia ella iba a su dormitorio y le pedía que le hablara de la guerra, pero casi siempre terminaba interrumpiéndolo con incoherencias. Su padre era evasivo.

Antes de ir a la guerra, a Krebs nunca le habían permitido conducir el coche de la familia. Su padre se dedicaba a la compra y venta de propiedades y quería que el coche estuviera a su disposición a todas horas para llevar a un cliente al campo y mostrarle una granja o algún terreno. El coche estaba siempre frente al edificio del First National Bank, en cuya segunda planta tenía su padre la oficina. Ahora, después de la guerra, seguía teniendo el mismo coche.

Nada había cambiado en la ciudad, excepto que las muchachas habían crecido. Pero aún vivían en un mundo tan complicado de matrimonios convenidos y enemistades de familia que Krebs no tenía la energía necesaria o el coraje para intentar algo. Le gustaba mirarlas, sin embargo. ¡Había tantas jóvenes bien parecidas! Muchas se habían cortado el cabello. Cuando él se fue, solo las más pequeñas llevaban el pelo así, o las ligeras de cascos. Todas usaban jerséis y blusas con las solapas redondeadas del cuello por fuera. Todas iguales. A Krebs le gustaba mirarlas desde el porche de su casa y verlas caminar por la acera de enfrente. Le gustaba verlas caminar bajo la sombra de los árboles. Le gustaban las solapas redondeadas que arenaban sobre el cuello de los jerséis. Le gustaban las medias de seda y los zapatos sin tacón. Le gustaban el pelo corto y los andares.

Cuando estaba en el centro de la ciudad no se sentía tan fuertemente atraído por ellas. No le gustaban cuando las veía en la heladería del Griego. En realidad, no necesitaba a esas mujeres. Eran demasiado complicadas. Y había algo más. De forma vaga, deseaba tener una chica, pero no tener que perder mucho tiempo para conseguirla. No quería meterse en la intriga y el galanteo amorosos. No quería perder tiempo con el flirteo. No quería seguir mintiendo. No valía la pena.

No quería sufrir más consecuencias. No quería volver a enfrentarse con consecuencias. Quería vivir sin consecuencias. Por otra parte, en realidad no necesitaba a una muchacha. Era algo que había aprendido en el ejército. Estaba bien fingir que necesitaba a una chica. Casi todo el mundo lo fingía. Pero no era verdad. Eso era lo gracioso. Primero uno se jactaba de que las muchachas no significaban nada para él, que jamás pensaba en ellas, que ellas no podían conmoverlo. Y después se enorgullecía de no poder vivir sin las mujeres, que tenía la necesidad de estar con ellas todo el tiempo, que no podía acostarse sin ellas.

Todo eso era mentira. Todas las posiciones eran falsas. Uno no necesitaba a una muchacha a menos que pensara en ello. Eso lo aprendió en el ejército. Y luego, más tarde o más temprano, se conseguía una. Cuando uno estaba maduro para tenerla, la conseguía. No debía pensar en ello. Más tarde o más temprano, ella llegaría. Eso lo había aprendido en el ejército.

A Krebs le habría gustado tener una chica si no hubiera necesidad de conquistarla y ella no deseara charlar. Pero allí, en la ciudad, todo era tan complicado. Él sabía que no podría soportar todo eso. Y no valía la pena. No era lo mismo con las francesas y con las alemanas. No era necesaria tanta charla. Era sencillo. Pensó en Francia y despúes en Alemania. En general, le había gustado más Alemania. No había querido irse de Alemania. No había querido volver a su país. Pero había vuelto. Estaba sentado en el porche de su casa.

Le gustaban las chicas que pasaban caminando por la acera de enfrente. Le gustaban más que las francesas o las alemanas. Pero ellas estaban en un mundo que no era el mundo de él. Le gustaría tener a una de ellas. Pero no valía la pena. ¡Estaban hechas de un molde tan bonito! Le gustaba ese molde. Era excitante. Pero no iba a aguantar tener que hablar tanto. No podría aguantarlo. No necesitaba a nadie tan desesperadamente. Le gustaba mirarlas, sin embargo. No valía la pena. No ahora, cuando las cosas volvían a ir bien.

Estaba sentado en el porche, leyendo un libro sobre la guerra. Era una historia y él estaba leyendo acerca de todos los combates en los que había participado. Era el libro más interesante que había leído en su vida. Deseaba que hubiera más mapas. La perspectiva de leer en el futuro todas las historias realmente buenas, que sin duda vendrían con mapas buenos y detallados, le produjo una agradable sensación. Ahora estaba aprendiendo de verdad acerca de la guerra. Él había sido un buen soldado. Eso marcaba la diferencia.

Una mañana, después de cerca de un mes de su regreso, su madre entró en su dormitorio y se sentó en su cama. Se alisó el delantal.

—Anoche tuve una charla con tu padre, Harold —le dijo—, y él está dispuesto a que uses su coche por la tarde.

—¿Sí? —dijo Krebs, aún adormilado—. ¿Usar su coche? ¿Sí?

—Sí. Hace ya un tiempo que tu padre piensa que deberías poder usarlo por la tarde cuando quisieras, pero solo lo comentamos de pasada anoche.

—Apuesto a que fuiste tú —dijo Krebs.

—No. Fue tu padre quien sugirió que habláramos de este asunto.

—Sí. Apuesto a que tú lo convenciste. —Krebs se sentó en la cama.

—¿Vas a bajar para el desayuno, Harold? —dijo su madre.

—En cuanto me vista —dijo Krebs.

Su madre salió de la habitación y él alcanzó a oír que estaba friendo algo abajo mientras él se lavaba, se afeitaba y se vestía para bajar al comedor para el desayuno. Mientras tomaba el desayuno, su hermana llegó con la correspondencia.

—Hola, Hare —le dijo—. Viejo dormilón. ¿Para qué te molestas en levantarte?

Krebs la miró. La quería. Era su mejor hermana.

—¿Tienes el diario? —le preguntó él.

Ella le entregó el *The Kansas City Star* y él le quitó el papel marrón del envoltorio y lo abrió por la página de deportes. Dobló el periódico, lo apoyó contra la jarra de agua y usó el cuenco de cereales como tope para poder leerlo mientras comía.

—Harold —dijo su madre desde la puerta abierta de la cocina—. Por favor, Harold, no arrugues el diario. Tu padre no puede leer su *Star* si está arrugado.

—No voy a arrugarlo —dijo Krebs.

Su hermana se sentó a la mesa y lo observó mientras leía.

—Esta tarde vamos a jugar al béisbol en la escuela —dijo ella—. Yo seré *pitcher*.

—Qué bien —dijo Krebs—. ¿Estás preparada para jugar, campeona?

—Sé batear mejor que muchos chicos. Les cuento todo lo que me enseñaste. Las otras chicas no son muy buenas.

—¿Sí? —dijo Krebs.

—A todas les digo que eres mi novio. ¿No es verdad que eres mi novio, Hare?

—Claro que sí.

—¿Acaso tu hermano no puede ser tu novio porque es tu hermano?

—No lo sé.

—Seguro que lo sabes. ¿No podrías ser mi novio, Hare, si yo fuera mayor y tú quisieras serlo?

—Claro. Ya eres mi novia ahora.

—¿Soy realmente tu novia?

—Claro.

—¿Me quieres?

—Claro.

—¿Me querrás siempre?

—Claro.

—¿Vendrás a verme jugar al béisbol?

—A lo mejor.

—Ay, Hare, tú no me quieres. Si me quisieras, querrías venir y me verías jugar.

La madre de Krebs entró en el comedor en ese momento, desde la cocina. Llevaba en las manos un plato con dos huevos fritos y un poco de panceta tostada crujiente, y una fuente llena de tortitas de trigo.

—Vete, Helen —dijo—. Quiero hablar con Harold.

Colocó el plato de huevos y panceta frente a Krebs y agregó la jarra de jarabe de arce para acompañar las tortas. Luego se sentó frente a Krebs.

—¿Podrías apartar el diario un instante, Harold? —dijo.

Krebs cogió el diario y lo plegó.

—¿Has decidido lo que vas a hacer, Harold? —dijo su madre, quitándose las gafas.

—No —dijo Krebs.

—¿No crees que ya es hora? —Su madre no dijo esto con mezquindad. Parecía preocupada.

—No he pensado en ello —dijo Krebs.

—Dios tiene una tarea para cada uno —dijo su madre—. No puede haber manos desocupadas en Su Reino.

—Yo no estoy en Su Reino —dijo Krebs.

—Todos estamos en Su Reino.

Krebs se sintió abochornado y resentido, como siempre.

—Me he preocupado tanto por ti, Harold… —continuó su madre—. Conozco todas las tentaciones a las que has estado expuesto. Sé lo débiles que son los hombres. Sé lo que tu querido abuelo, mi padre, nos contó acerca de la Guerra Civil, y he rezado por ti. Yo rezo por ti todo el día, Harold.

Krebs miró la grasa de la panceta que se endurecía en su plato.

—Tu padre también está preocupado —prosiguió su madre—. Cree que has perdido tus ambiciones, que no tienes un propósito definido en la vida. Charley Simmons, que es de tu misma edad, tiene un buen empleo y va a casarse. Todos los muchachos están sentando la cabeza; todos están decididos a llegar a alguna parte; sin duda, muchachos como Charley Simmons están camino de ser un orgullo para la comunidad.

Krebs no dijo nada.

—No te pongas así, Harold —dijo su madre—. Sabes que te queremos y solo deseo explicarte cómo se presentan las circunstancias. Tu padre no quiere poner trabas a tu libertad. Piensa que se debe permitir que salgas en el coche. Si quieres traer a casa alguna de las chicas guapas que salen contigo, estaremos encantados. Queremos que te diviertas. Pero tendrás que hacer algo, Harold. A tu padre no le importa qué clase de trabajo sea. Todo trabajo es honrado, como dice él. Pero debes hacer algo. Me pidió que hablara contigo esta mañana y que luego vayas a verlo a su oficina.

—¿Eso es todo? —dijo Krebs.

—Sí. ¿No quieres a tu madre, querido hijo?

—No —dijo Krebs.

Su madre lo miró desde el otro lado de la mesa. Tenía los ojos vidriosos. Se echó a llorar.

—No quiero a nadie —dijo Krebs.

No servía de nada. Él no debía decírselo, no podía hacérselo comprender. Era una tontería habérselo dicho. Solo había logrado lastimarla. Fue hasta ella y la tomó de un brazo. Su madre lloraba y se cubría la cabeza con las manos.

—No ha sido mi intención —dijo él—. Estaba enfadado por algo. No he querido decir que no te quiero.

Su madre seguía llorando. Krebs la rodeó con el brazo.

—¿No me crees, mamá?

Su madre negó con la cabeza.

—Por favor, por favor, mamá. Por favor, créeme.

—Está bien —dijo su madre, lloriqueando. Levantó los ojos para mirarlo—. Te creo, Harold.

Krebs le besó el pelo. Ella alzó la mirada.

—Soy tu madre —dijo—. Te tuve junto a mi corazón cuando eras un bebé.

Krebs se sintió enfermo y con unas vagas náuseas.

—Lo sé, mamaíta —dijo—. Intentaré ser un buen chico para ti.

—¿Quieres arrodillarte y rezar conmigo, Harold? —dijo su madre.

Se arrodillaron junto a la mesa del comedor y la madre de Krebs rezó.

—No puedo —dijo Krebs.

—Inténtalo, Harold.

—No puedo.

—¿Quieres que rece por ti?

—Sí.

De modo que su madre rezó por él y luego se incorporaron y Krebs besó a su madre y salió. Él había hecho todo lo posible para que la vida no fuera complicada. Nada de la vida lo había conmovido. Había sentido lástima por su madre y ella lo había obligado a mentir. Se iría a Kansas City y buscaría trabajo y eso haría que ella se sintiera bien. Quizá había otra escena antes de que él se fuera. No iría a la oficina de su padre. Se lo ahorraría. Quería que su vida fluyera tranquilamente. Así había sido hasta ahora. Bueno, todo eso había terminado, de todos modos. Iría a la escuela a ver jugar a Helen al béisbol.

VIII

A las dos de la mañana dos húngaros entraron en una cigarrería de la Quinta y la Gran Avenida. Drevitts y Boyle se dirigieron desde la comisaría de la calle Quince en un Ford. Los húngaros estaban dando marcha atrás con su camión por el callejón. Boyle disparó al que iba en el asiento delantero y al de atrás. Drevitts se asustó al ver que los dos estaban muertos.

—Diablos, Jimmy. No has debido hacerlo. Ahora puede que se líe una buena.

—Son fuleros, ¿no? —dijo Boyle—. Son italianos, ¿no? Entonces ¿quién va a causar problemas?

—Está bien. Quizá esta vez no pase nada, pero ¿cómo sabías que eran extranjeros cuando has disparado?

—Wops* —dijo Boyle—. Los reconozco a un kilómetro de distancia.

---

* *Wop*: término racista en *slang* para referirse a los italianos. *(N. del E.)*

El revolucionario

En 1919 él viajaba en ferrocarril por Italia, con un trozo de hule que le habían entregado en el cuartel general del partido, en el que se leía, escrito con tinta indeleble, que era un camarada que en Budapest había sufrido mucho bajo los blancos y se solicitaba a los camaradas que lo ayudaran de cualquier forma posible. En cambio, él lo usaba en vez de pasaje. Era muy tímido y muy joven, y los empleados del ferrocarril se lo pasaban los unos a los otros. No tenía dinero, y lo alimentaban detrás del mostrador en las cafeterías de las estaciones.

Estaba encantado con Italia. Era un país precioso, decía. Toda la gente era muy amable. Había estado en muchas ciudades, caminado mucho y visto muchos cuadros. Compró reproducciones de Giotto, Masaccio y Piero della Francesca, que llevaba envueltas en un ejemplar del *Avanti*. Mantegna no le gustaba.

Se me presentó en Bolonia, y lo llevé conmigo a la Romaña, donde yo debía encontrarme con un hombre. Hicimos un bonito viaje juntos. Estábamos a principios de septiembre y el campo lucía precioso. Él era húngaro, un muchacho muy agradable y muy tímido. Los hombres de Horthy le habían hecho algunas cosas desagradables. Habló de eso un poco. A pesar de Hungría, creía fervorosamente en la revolución mundial.

—Pero ¿cómo va el movimiento en Italia? —me preguntó.

—Muy mal —le dije.

—Pero ya mejorará —dijo él—. Aquí tienen de todo. Es el único país donde uno se siente seguro. Va a ser el punto de partida de todo.

Yo no dije nada.

En Bolonia se despidió de nosotros antes de tomar el tren a Milán y luego a Aosta, desde donde caminaría hasta Suiza. Le hablé de los Mantegna en Milán. «No», dijo muy tímidamente: no le gustaba Mantegna. Le anoté en un papel lugares donde comer en Milán y las direcciones de camaradas. Me lo agradeció muchísimo, pero ya estaba pensando en cruzar el paso montañoso. Estaba ansioso por atravesar el paso a pie mientras durara el buen tiempo. Le encantaban las montañas en otoño. Lo último que supe de él fue que los suizos lo habían encarcelado cerca de Sion.

IX

El primer matador recibió la cornada en la mano de la espada y la multitud lo abucheó. El segundo matador resbaló y el toro lo corneó en el vientre, y él se colgó del cuerno con una mano y mantuvo la otra sobre la herida, y el toro lo embistió contra la pared y el cuerno salió y él quedó tendido en la arena, y luego se puso en pie como un borracho loco y trató de dar puñetazos a los hombres que lo sacaban de allí y pidió a gritos su espada, pero se desmayó. Salió el chico y tuvo que matar cinco toros porque no puede haber más de tres toreros, y para el último toro estaba tan cansado que no podía ni clavar la espada. Apenas podía levantar el brazo. Lo intentó cinco veces y la multitud estaba callada porque era un buen toro y parecía tratarse de él o el toro, y luego por fin lo logró. Se sentó en la arena y vomitó y sostuvieron una capa sobre él mientras la multitud chillaba y arrojaba cosas al ruedo.

El señor y la señora Elliot

El señor y la señora Elliot hicieron todo lo posible para tener un hijo. Lo intentaron tan a menudo como la señora Elliot podía soportarlo. Lo intentaron en Boston después de casarse y lo intentaron en el barco en que volvieron. No lo intentaron muy a menudo porque la señora Elliot se mareaba mucho. Se mareaba, y cuando se mareaba, se mareaba como se marean las mujeres del sur. Es decir, las mujeres del sur de Estados Unidos. Como todas las mujeres sureñas, la señora Elliot se descomponía rápidamente por efecto del mareo, o cuando viajaba de noche o demasiado temprano por la mañana. Muchos pasajeros la tomaban por la madre de Elliot. Otras personas que sabían que estaban casados creían que iba a tener un bebé. En realidad, tenía cuarenta años. Sus años se habían precipitado de repente cuando empezó a viajar.

Parecía que era mucho más joven; de hecho, no aparentaba una edad definida cuando Elliot se casó con ella, después de cortejarla durante varias semanas después de conocerla durante mucho tiempo en el salón de té del que era dueña antes de besarla una noche.

Hubert Elliot estaba haciendo un curso de posgrado en Derecho en Harvard cuando se casó. Era poeta, con unos ingresos anuales de casi diez mil dólares. Escribía con gran rapidez extensos poemas. Tenía veinticinco años y nunca se había acostado con una mujer hasta casarse con la señora Elliot. Quería conservarse puro para transmitir a su esposa la misma pureza de cuerpo y mente que esperaba de ella. A eso lo llamaba una «vida recta». Había estado enamorado de varias chicas antes de besar a la señora Elliot, y más tarde o más temprano siempre les decía que había llevado una vida pura. Casi todas las chicas perdían el interés en él. Él se escandalizaba y se horrorizaba de veras por la forma en que las mujeres se comprometían y se casaban con hombres a quienes habían conocido y que, ellas debían de saberlo, conocían los barrios bajos. En una ocasión intentó prevenir a una muchacha contra un hombre de quien tenía pruebas que había sido un sinvergüenza en la universidad, y eso causó un incidente muy desagradable.

La señora Elliot se llamaba Cornelia. Le había pedido a él que la llamara Calutina, que era su apodo familiar en el sur. Su madre lloró cuando él llevó a Cornelia a su casa tras la boda, pero se puso muy contenta cuando ella le dijo que irían a vivir al extranjero.

Cornelia le dijo: «Mi adorado muchachito», y lo abrazó más fuerte que nunca cuando él le contó que se había mantenido puro para ella. Cornelia también era pura.

—Bésame otra vez así —le dijo ella.

Hubert le explicó que había aprendido esa manera de besar después de oír a un tipo contar una historia. Estaba fascinado con el experimento y lo practicaron todo lo posible. Algunas veces, tras estar un largo rato besándose, Cornelia le pedía que le dijera otra vez que se había mantenido puro para ella. Esa declaración siempre la entusiasmaba.

Al principio, a Hubert no se le había pasado por la cabeza la idea de casarse con Cornelia. Había sido una muy buena amiga, y un día en que habían estado bailando en la trastienda del local al compás del gramófono mientras una amiga suya cuidaba la tienda, ella lo miró a los ojos y él la besó. Él no recordaba exactamente cuándo se decidió que se casarían. Pero se casaron.

Pasaron la noche de bodas en un hotel de Boston. Los dos quedaron decepcionados, pero finalmente Cornelia se durmió. Hubert no podía dormir y salió varias veces y deambuló por el pasillo del hotel con la bata Jaeger puesta, que había comprado para el viaje de novios. Mientras andaba veía las hileras de pares de zapatos, pequeños y grandes, junto a las puertas de las habitaciones del hotel. Esto le aceleró el corazón, de modo que corrió de regreso a su cuarto, pero Cornelia estaba dormida. No quería despertarla y pronto se calmó y se durmió tranquilamente.

Al día siguiente visitaron a su madre y luego embarcaron rumbo a Europa. Era posible intentar tener un bebé, pero Cornelia no quería intentarlo a todas horas, a pesar de que deseaban un bebé más que nada en el mundo. Desembarcaron en Cherburgo y siguieron viaje a París. Allí volvieron a intentarlo. Luego decidieron ir a Dijon, donde había una escuela de verano y a donde se habían dirigido muchos de los turistas que habían viajado en el barco con ellos. Se dieron cuenta de que no había nada interesante que hacer en Dijon. No obstante, Hubert estaba escribiendo gran cantidad de poemas que Cornelia pasaba a máquina para él. Todos eran poemas muy largos. Él era muy estricto con los errores, y la hacía reescribir páginas enteras si encontraba algún error. Ella lloraba mucho e intentaron concebir un bebé antes de irse de Dijon.

Fueron a París y la mayoría de sus amigos del barco también. Ellos estaban cansados de Dijon, y de todos modos ya podrían decir que tras dejar Harvard, Columbia o Wabash habían estudiado en la universidad en la Côte-d'Or. Muchos de ellos habrían preferido ir a Languedoc, Montpellier o Perpiñán, si hubiera habido universidades allí. Pero todos esos lugares estaban demasiado lejos. Dijon está solo a cuatro horas y media de París y en el tren servían cena.

De manera que todos se sentaron en el Café du Dome, evitando el café de La Rotonde de la calle de enfrente porque estaba siempre lleno de extranjeros, y luego los Elliot alquilaron un *château* en Touraine que vieron anunciado en el *Herald* de Nueva York. Para entonces Elliot tenía numerosos amigos, todos los cuales admiraban su poesía, y la señora Elliot lo había convencido para que mandara a buscar en Boston a su amiga, que había estado en el salón de té. La señora Elliot se animó mucho cuando llegó su amiga, y tuvieron ocasión de llorar de alegría juntas. La amiga era varios años mayor que ella y la llamaba "cielo". Ella también provenía de una muy buena familia sureña.

Los tres, junto con varios amigos de Elliot que lo llamaban Hubie, fueron juntos al *château* en Touraine. Touraine les pareció muy llana y calurosa, muy parecida a Kansas. Para entonces, Elliot tenía una buena cantidad de poemas para un libro. Lo iba a llevar a Boston, y ya había enviado un cheque y hecho un contrato con un editor.

Al poco tiempo los amigos empezaron a regresar a París. Touraine no había resultado ser lo que había prometido en un principio. Pronto los amigos se habían ido con un poeta joven y soltero a una playa cerca de Trouville. Todos eran muy felices allí.

Elliot se quedó en el *château* de Touraine porque lo había alquilado para todo el verano. Él y la señora Elliot se esforzaron mucho por concebir un bebé en la espaciosa y calurosa cama del dormitorio. La señora Elliot estaba aprendiendo a escribir a máquina sin mirar el teclado, pero vio que a medida que mejoraba en velocidad cometía más errores. Ahora su amiga era quien escribía todos los manuscritos. Era muy prolija y eficiente y parecía disfrutar.

Elliot había empezado a beber vino blanco y vivía aparte en su propio cuarto. Escribía gran cantidad de poemas durante la noche y por la mañana estaba exhausto. La señora Elliot y su amiga ahora dormían juntas en la espaciosa cama medieval. Muchas veces lloraban juntas. Por la noche todos cenaban en el jardín bajo un plátano y soplaba la brisa nocturna y Elliot bebía su vino blanco y él y la amiga charlaban y todos eran muy felices.

X

Golpearon al caballo blanco en las patas y el animal logró levantarse. El picador enderezó los estribos, dio un tirón y se sentó en la silla. Las tripas del animal quedaron colgando en un amasijo azul y se balancearon atrás y adelante cuando el caballo echó a galopar; los monosabios le pegaban atrás en las patas con sus varas. El animal galopó a los tirones a lo largo de la barrera. Se paró en seco y uno de los monosabios sostuvo la brida y lo hizo caminar. El picador lo pateó con los estribos, se inclinó un poco y agitó su lanza frente al toro. La sangre manaba por entre las patas delanteras del caballo. Nervioso, vacilaba. El toro no pudo decidirse a embestir.

Gato bajo la lluvia

Había solo dos americanos hospedados en el hotel. Ellos no conocían a ninguna de las personas con quienes se cruzaban yendo y viniendo de su habitación. La suya estaba en el segundo piso, frente al mar. Daba también al jardín público y al monumento de la guerra. Había grandes palmeras y bancos verdes en la plaza pública. Cuando hacía buen tiempo siempre había un artista con su caballete. A los artistas les gustaban esos árboles y los brillantes colores de los hoteles frente a los jardines y al mar. Los italianos venían de lejos a contemplar el monumento a la guerra. Era de bronce y resplandecía bajo la lluvia. Ahora estaba lloviendo. La lluvia chorreaba de las palmeras. El agua formaba charcos en los senderos de piedra. Las olas rompían en una larga fila bajo la lluvia y se retiraban de la playa para volver y romper otra vez bajo la lluvia. Los automóviles se habían marchado de la plaza donde estaba el monumento a la guerra. De pie al otro lado de la plaza, en el café, un mozo miraba la plaza vacía.

De pie frente a la ventana, la esposa norteamericana miraba el lugar. Fuera, bajo la ventana, a la derecha, un gato se había acurrucado debajo de una de las mesas verdes que chorreaban agua.

El gato intentaba hacerse una bola compacta para evitar las gotas de agua.

—Voy a salir a buscar ese gatito —dijo la esposa norteamericana.

—Lo haré yo —se ofreció el marido desde la cama.

—No. Yo lo traeré. El pobre gatito intenta mantenerse seco debajo de una mesa.

El marido siguió leyendo, apoyado en dos almohadas al pie de la cama.

—No te mojes —dijo el marido.

La mujer bajó la escalera y el dueño del hotel se levantó se inclinó ante ella cuando pasó frente a su despacho. Su escritorio estaba al fondo del despacho. Era un hombre viejo y muy alto.

—*Il piove* —dijo la esposa. El dueño del hotel le resultaba simpático.

—*Sì, sì, signora, brutto tempo*. Un tiempo muy malo.

Permaneció detrás del escritorio al fondo del oscuro despacho. A la mujer le resultaba simpático. Le gustaba la seriedad con que el dueño recibía cualquier queja. Le gustaba su dignidad. Le gustaba la forma en que deseaba servirla. Le gustaba la manera en que desempeñaba su papel de hotelero. Le gustaba su rostro viejo y serio y sus grandes manos.

Pensando en eso, abrió la puerta y miró fuera. La lluvia arreciaba. Un hombre con capelina cruzaba la plaza vacía hacia el café. El gato estaría por allí cerca, a la derecha. Quizá ella podría acercarse bajo los aleros. Mientras miraba oyó un paraguas que se abría tras ella. Era la camarera que les limpiaba la habitación.

—No debe mojarse —dijo, sonriente, en italiano. Naturalmente, el dueño del hotel la había enviado.

Con la camarera sosteniendo el paraguas sobre ella, caminó por el sendero de grava hasta llegar junto a la ventana de su habitación. Allí estaba la mesa, verde y brillante de lluvia, pero el gato había desaparecido. De repente, se sintió desilusionada. La camarera la observó.

—*Ha perduto qualque cosa, signora?*

—Había un gato —dijo la joven norteamericana.

—¿Un gato?

—*Sì, il gatto.*

—¿Un gato? —La camarera se rio—. ¿Un gato bajo la lluvia?

—Sí —dijo ella—, debajo de la mesa. —Agregó—: Oh, ¡me gustaba tanto! Yo quería tener un gatito.

Al oírla hablar en inglés, la camarera se puso seria.

—Venga, *signora* —dijo ella—. Debemos volver adentro. Se va a mojar.

—Supongo que sí —dijo la joven norteamericana.

Regresaron por el camino de grava y pasaron junto a la puerta. La camarera se quedó fuera para cerrar el paraguas. Cuando la joven norteamericana pasó ante el despacho, el *padrone* se inclinó desde su escritorio. Ella experimentó una extraña sensación, de ser muy pequeña y al mismo tiempo sumamente importante. Subió la escalera. Abrió la puerta de su habitación. George estaba en la cama, leyendo.

—¿Y el gato? —preguntó, dejando el libro a un lado.

—Ya no estaba.

—Me pregunto adónde habrá ido —dijo él, descansando un poco la vista de la lectura.

Ella se sentó en la cama.

—¡Me gustaba tanto! —dijo—. No sé por qué. Yo quería ese pobre gatito. No es muy divertido ser un pobre gatito bajo la lluvia.

George se puso a leer de nuevo.

Ella se levantó, fue a sentarse frente al espejo del tocador y se miró en el espejo de mano. Estudió su perfil, primero de un lado, luego del otro. Luego se contempló la nuca y después el cuello.

—¿No crees que sería una buena idea dejarme crecer el pelo?

George levantó la vista y le miró la nuca y el cabello, corto como el de un muchacho.

—Me gusta como está.

—Yo me canso de llevarlo así —dijo ella—. Me canso de parecer un muchacho.

George cambió de posición en la cama. No le había quitado los ojos de encima desde que ella empezó a hablar.

—Estás absolutamente guapa —dijo él.

Ella dejó el espejo sobre el tocador y fue a mirar por la ventana. Estaba oscureciendo.

—Quiero tener el cabello largo y liso y poder recogérmelo en un moño, y poder tocarlo y sentirlo —dijo ella—. Quiero tener un gatito y ponérmelo sobre la falda y sentirlo ronronear y acariciarlo.

—¿Sí? —dijo George desde la cama.

—Y quiero sentarme a una mesa con velas y mi propia vajilla. Y quiero que sea primavera y cepillarme el cabello frente a un espejo y quiero un gatito y quiero vestidos nuevos.

—¡Ay! Cállate y ponte a leer algo —dijo George retomando la lectura.

Su mujer miraba por la ventana. Ahora estaba muy oscuro y seguía lloviendo sobre las palmeras.

—En cualquier caso —dijo ella—, quiero un gato. Quiero un gato ahora. Si no puedo tener el cabello largo ni divertirme, quiero tener un gato.

George no la escuchaba. Estaba leyendo su libro. Su mujer miró por la ventana, ahora que la plaza volvía a estar iluminada.

Alguien llamó a la puerta.

—*Avanti* —dijo George. Levantó los ojos del libro.

La camarera estaba en la puerta. Traía, apretado contra ella, un gran gato color carey que pugnaba por zafarse de los brazos que lo sujetaban.

—Con permiso —dijo la camarera—. El *padrone* me pidió que le trajera esto a la *signora*.

XI

La multitud gritaba sin parar y tiraba pedazos de pan al ruedo, luego almohadillas y botas de vino, todo sin dejar de silbar y gritar. Finalmente el toro estuvo demasiado cansado de recibir tantas malas estocadas y dobló las rodillas y se tumbó, y uno de la cuadrilla se le apoyó en el cuello y lo mató con la puntilla. La multitud saltó la barrera alrededor del torero y dos hombres lo levantaron, y alguien le cortó la coleta y la agitó y un niño la cogió y salió corriendo con ella. Después vi al torero en el café. Era muy bajito, de cara morena, y estaba muy borracho, y luego dijo que, después de todo, eso ya le había pasado antes. Que en verdad no era un muy buen torero.

Fuera de temporada

Peduzzi se emborrachó con las cuatro liras que había ganado cavando con la azada en el jardín del hotel. Vio al joven caballero que bajaba por el sendero y le habló de forma misteriosa. El joven caballero le dijo que no había comido aún, pero que estaría listo para salir en cuanto terminara el almuerzo. Cuarenta minutos o una hora más tarde.

En la cantina, cerca del puente, le fiaron tres grapas más porque se mostraba muy seguro y misterioso acerca de su trabajo de esa tarde. Era un día ventoso, en el que el sol asomaba detrás de las nubes y luego una llovizna lo ocultaba. Un día maravilloso para pescar truchas.

El joven caballero salió del hotel y le preguntó por las cañas. ¿Debería llevarlas más tarde su esposa?

—Sí —dijo Peduzzi—, que nos siga.

El joven caballero regresó al hotel y habló con su esposa. Él y Peduzzi echaron a andar por el camino. El joven caballero llevaba una mochila al hombro. Peduzzi vio que la esposa salía tras ellos. Era tan joven como el joven caballero, y llevaba botas de montaña y una boina azul. Los siguió por el camino. Acarreaba una caña de pescar en cada mano, separadas. A Peduzzi no le gustó que se demorase.

—*Signorina* —dijo, guiñándole un ojo al caballero—, adelántese y camine con nosotros.

Peduzzi quería que los tres anduvieran juntos por la calle de Cortina.

La esposa se quedó atrás, siguiéndolos, bastante huraña.

—*Signorina* —volvió a decir Peduzzi con dulzura—, venga aquí, con nosotros.

El joven caballero miró atrás y gritó algo. La esposa dejó de rezagarse y se les unió.

Peduzzi saludaba a todos los que encontraban en el camino. «Buon' di, Arturo!» Y se tocaba el sombrero. El empleado del banco lo miró desde la puerta del café fascista. Grupos de tres o cuatro personas, de pie frente a las tiendas, los miraban a los tres. Los obreros de chaquetas cubiertas de polvo, que trabajaban en los cimientos del nuevo hotel, levantaron la vista cuando ellos pasaban. Nadie hablaba ni hacía ninguna seña, excepto el mendigo del pueblo, viejo y delgado, de tupida barba salpicada de saliva, que se levantó el sombrero cuando el grupo pasó.

Peduzzi se detuvo frente a un comercio con escaparate lleno de botellas y sacó su botella de grapa vacía del bolsillo de su viejo abrigo militar.

—Algo de beber, un poco de *marsala* para la señora, algo, algo de beber. —Hizo un gesto con la botella. Era un día espectacular—. *Marsala*. ¿Le gusta el *marsala, signorina*? ¿Un poco de *marsala*?

La esposa seguía huraña.

—Tendrás que arreglártelas tú solo —dijo—. No entiendo ni una sola palabra de lo que dice. Está borracho, ¿no?

El joven caballero pareció no oír a Peduzzi. Estaba pensando por qué diablos se le ocurría ofrecer *marsala*. Eso es lo que bebe Max Beerbohm.

—*Geld* —dijo por fin Peduzzi, tirando de la manga del joven caballero—. *Lira.* —Sonrió. No le gustaba insistir, pero necesitaba hacer actuar al caballero.

El joven sacó la cartera y le dio un billete de diez liras. Peduzzi subió los escalones de la tienda de licores. Estaba cerrada.

—No abren hasta las dos —dijo con desdén alguien que pasaba por la calle.

Peduzzi bajó los escalones. Se sentía ofendido. No importaba, dijo. Podían conseguirlo en la Concordia.

Los tres siguieron caminando juntos por el camino que llevaba a la Concordia. En el porche de la Concordia, donde se apilaban los oxidados trineos, el joven caballero dijo:

—*Was wollen sie?*

Peduzzi le entregó el billete de diez liras doblado varias veces.

—Nada —dijo—. Cualquier cosa. —Estaba avergonzado—. *Marsala*, quizá. No sé. ¿*Marsala*?

La puerta del local se cerró tras el hombre y su mujer.

—Tres *marsala* —dijo el joven caballero a la muchacha que estaba detrás del mostrador.

—¿Dos, quieren decir? —preguntó ella.

—No —dijo él—. Uno para un *vecchio*.

—Oh —dijo ella—, un *vecchio*. —Y se rio mientras cogía la botella.

Sirvió las tres bebidas de aspecto turbio en tres vasos.

La esposa estaba sentada a una mesa debajo de la hilera de periódicos que colgaban de troncos. El joven caballero puso uno de los vasos de *marsala* frente a ella.

—Podrías tomarlo, quizá te haga sentir mejor —le dijo.

Ella se sentó y miró el vaso. El joven caballero salió del local con un vaso para Peduzzi, pero no lo vio.

—No sé dónde está —dijo, volviendo con el vaso en la mano.

—Él quería todo un cuarto —dijo la esposa.

—¿Cuánto vale un cuarto de litro? —le preguntó el joven caballero a la muchacha.

—¿Del *bianco*? Una lira.

—No, del *marsala*. Sirva también estos dos —dijo, dándole su propio vaso y el servido para Peduzzi. La muchacha llenó la medida de cuarto litro con un embudo—. Una botella para llevarlo —dijo el joven caballero.

Fue a buscar una botella. Todo la divertía.

—Qué pena que te sientas tan mal, Tiny —dijo—. Siento haberte hablado como lo hice en la comida. Los dos íbamos a lo mismo desde ángulos distintos.

—No importa —dijo ella—. Nada importa.

—¿Tienes frío? —le preguntó—. Ojalá te hubieras puesto otro suéter.

—Llevo puestos tres suéteres.

La muchacha volvió con una delgada botella marrón y vertió el *marsala* en ella. El joven caballero pagó tres liras más. Fueron a la puerta. La muchacha parecía divertida. Salieron. Peduzzi se estaba paseando arriba y abajo con las cañas de pescar. Hacía mucho viento.

—Vamos —dijo—. Yo llevaré las cañas. ¿Qué importa si alguien las ve? Nadie nos molestará. Nadie se va a meter conmigo en Cortina. Conozco a los del municipio. He sido soldado. Todos me quieren en este pueblo. Vendo ranas. ¿Qué importa que esté prohibido pescar? No pasa nada. No hay problema. Truchas grandes, le digo. Montones de ellas.

Iban caminando colina abajo hacia el río. La población quedaba a su espalda. El sol se había ocultado y estaba lloviznando.

—Allá —dijo Peduzzi señalando una muchacha situada a la puerta de una casa que dejaron atrás—. Mi hija.

—Su médico —dijo la esposa—. ¿Tiene que mostrarnos su médico?

—Ha dicho su hija —dijo el joven caballero.

La muchacha entró en la casa mientras Peduzzi señalaba.

Bajaron la colina a través de los campos y luego dieron una vuelta para seguir la ribera del río. Peduzzi hablaba rápido con muchas señas y aplomo. Mientras caminaban los tres, uno al lado del otro, el aire llevó el aliento de Peduzzi a la cara de la esposa. En una ocasión, él le dio un codazo en las costillas. Parte del tiempo él hablaba en dialecto de Ampezzo, otras veces en dialecto alemántirolés. No sabía cuál de los dos comprendían mejor el joven caballero y su mujer, de modo que optó por ser bilingüe. Pero cuando el joven caballero dijo «Ja, ja», Peduzzi decidió hablar solamente en tirolés. El joven caballero y su esposa no entendían nada.

—Todo el pueblo nos ha visto pasar con estas cañas. Es posible que en este momento estén siguiéndonos los guardabosques. Ojalá no estuviéramos metidos en esta estupidez. Y este viejo idiota, además, está borracho.

—Está claro que no tienes agallas para volver atrás —dijo la esposa—. Está claro que debes seguir adelante.

—¿Por qué no regresas? Regresa, Tiny.

—Me quedaré contigo. Si vas a la cárcel, bien podríamos ir juntos.

Bajaron bruscamente en la ribera y Peduzzi se detuvo, su abrigo ondeaba al viento, gesticulando en dirección al río. Era marrón y fangoso. A la derecha había un montículo mojado.

—Dímelo en italiano —dijo el joven caballero.

—*Un mezz'ora. Piu d'un mezz'ora.*

—Dice que por lo menos falta media hora más. Vuélvete, Tiny. Tienes frío con este viento, de todos modos. Además, el día se ha estropeado y no vamos a divertirnos.

—Está bien —dijo ella, y comenzó a trepar por la ribera cubierta de hierba.

Peduzzi estaba abajo, junto al río, y no se dio cuenta de que la mujer se había ido hasta que ella estuvo arriba, casi fuera del alcance de su vista, cuesta arriba.

—*Frau! Fraulein!* No se vaya.

Ella pasó la cima de la colina.

—¡Se ha ido! —dijo Peduzzi, impresionado.

Quitó los elásticos que mantenían las cañas unidas y empezó a montar una.

—Pero usted dijo que faltaba media hora más de camino.

—Ah, sí. Por lo menos media hora de descenso. Pero aquí está bien, también.

—¿Sí?

—Por supuesto. Está bien aquí y está bien allí.

El joven caballero se sentó en la orilla y montó una caña, poniendo el carrete y pasando el sedal por las guías. Se sentía incómodo y tenía miedo de que en cualquier momento aparecieran un guardabosque o una partida de lugareños. Se veían las casas del pueblo y el campanario sobre el borde de la colina. Abrió su caja de pesca. Peduzzi se inclinó hacia delante e introdujo en ella su grueso y duro pulgar y el índice, enredando las hijuelas humedecidas.

—¿Tiene plomo?

—No.

—Hace falta plomo. Tiene que tener *piombo*. *Piombo*. Aquí. Justo encima del anzuelo. Así no flotará en el agua. Necesita un poco de *piombo*.

—¿Y usted no tiene?

—No. —Peduzzi rebuscó en sus bolsillos desesperadamente. Incluso registró el sucio género del forro de su abrigo militar—. Yo no tengo nada. Necesitamos *piombo*.

—Entonces no podemos pescar —dijo el joven caballero, y desarmó la caña y recogió el sedal por las correderas—. Conseguiremos *piombo* y pescaremos mañana.

—Pero oiga, *caro*, debe tener *piombo*. Si no, la línea se quedará plana sobre el agua.

A Peduzzi el día se le hacía añicos ante los ojos.

—Usted debe tener *piombo*. Basta con uno pequeño. Su material está limpio y es nuevo, pero usted no tiene plomo. Yo hubiera traído un poco. Usted dijo que tenía de todo.

El joven caballero miró el agua descolorida por la nieve derretida.

—Lo sé —dijo—. Conseguiremos un poco de *piombo* y pescaremos mañana.

—¿A qué hora? Dígamelo.

—A las siete.

Salió el sol. Era tibio y agradable. El joven caballero se sentía aliviado. Ya no quebrantaría la ley. Sentado en la orilla, tomó la botella de marsala del bolsillo y se la pasó a Peduzzi. Peduzzi se la devolvió. El joven caballero tomó un trago y se la pasó a Peduzzi. Peduzzi volvió a pasarla.

—Beba —dijo—, beba. Es su *marsala*.

Después de otro trago breve el joven caballero le entregó la botella. Peduzzi la había estado observando con atención. Tomó la botella apresuradamente y la inclinó. Los pelos canosos de los pliegues de su cuello oscilaban mientras bebía, fijos sus ojos en el extremo de la angosta botella marrón. La apuró. El sol brillaba mientras él bebía. Era maravilloso. Aquel era un gran día, después de todo. Un día maravilloso.

—*Senta, caro!* Por la mañana, a las siete.

Había llamado «caro» al joven caballero varias veces y no había pasado nada. Era un buen *marsala*. Le brillaban los ojos. Habría muchos días como ese por delante. Comenzaría a las siete de la mañana.

Empezaron a subir la colina en dirección a la población. El joven caballero iba delante. Comenzaría a las siete de la mañana. Había cubierto un buen trecho de la colina. Peduzzi lo llamó.

—Escuche, *caro*, ¿me haría el favor de prestarme cinco liras?

—¿Para hoy? —preguntó el joven caballero, frunciendo el ceño.

—No, para hoy no. Démelo hoy para mañana. Yo lo traeré todo mañana. *Pane, salami, formaggio*, cosas buenas para todos. Usted y yo y la *signora*. Cebo para pescar, no solo gusanos. A lo mejor consigo un poco de *marsala*. Todo por cinco liras. Cinco liras por un favor.

El joven caballero inspeccionó su billetera y sacó un billete de dos liras y dos de uno.

—Gracias, *caro*. Gracias —dijo Peduzzi con el tono de un socio del Carleton Club al aceptar el *Morning Post* de otro socio. Eso sí que era vida. Se acabó lo de trabajar en el jardín del hotel y de romper estiércol helado con una horca de jardinero. La vida comenzaba—. Hasta las siete en punto, entonces, *caro* —dijo, dando una palmadita al joven caballero en la espalda—. A las siete en punto.

—A lo mejor no voy —dijo el joven caballero volviendo a guardar la billetera en el bolsillo.

—¿Cómo? —dijo Peduzzi—. Tendré peces para cebo, *signor*, *salami*, de todo. Usted y yo y la *signora*. Los tres.

—A lo mejor no voy —dijo el joven caballero—. Lo más probable es que no vaya. Le dejaré un mensaje al *padrone* en el hotel.

XII

Si hubiera ocurrido delante de ti habrías visto a Villalta increpar al toro y maldecirlo, y cuando el toro cargó, verlo doblarse con firmeza como un roble cuando lo azota el viento, con las piernas juntas y estiradas, arrastrando la muleta, con la espada echada atrás, siguiendo la curva. Luego maldijo al toro, agitó la muleta ante el animal, firmes los pies, y volvió a doblarse y esquivó la embestida, curvando la muleta ante el público, que rugía.

Cuando empezó a matar, todo sucedió con el mismo ímpetu. El toro frente a él, mirándolo con odio. El torero sacó la espada de entre los pliegues de la muleta, con un solo movimiento apuntó y gritó: «¡Toro! ¡Toro!», y el animal cargó y Villalta también y por un momento los dos fueron uno. Villalta se hizo uno con el toro y luego todo terminó. Con Villalta erguido de pie y la empuñadura roja de la espada asomando entre las paletas del toro. Con Villalta levantando la mano a la multitud y el toro manando sangre y mirando a Villalta y aflojando las patas.

Esquí de fondo

El funicular volvió a moverse y después se detuvo. No podía seguir adelante porque los rieles estaban cubiertos de nieve. El fuerte viento que azotaba la superficie pelada de la montaña había apilado la nieve en grandes montones. Nick, que estaba encerando los esquíes en el vagón de equipaje, puso las botas en las puntas de hierro y apretó con fuerza la abrazadera. Saltó del vagón de lado sobre el estribo, dio una media vuelta y agachándose volvió a saltar, deslizándose por la pendiente con rapidez.

En la extensión blanca de abajo, George subía y bajaba y subía y se perdía de vista. Al precipitarse vertiginosamente por la abrupta ladera, la mente de Nick quedó vacía, ensimismada en la maravillosa sensación de vuelo y caída que experimentaba su cuerpo. Subió levemente y de pronto pareció que la nieve desaparecía debajo, a medida que bajaba y bajaba cada vez más rápido hacia la última ladera, larga y abrupta. Iba agachado, casi sentado sobre los esquíes, tratando de mantener bajo el centro de gravedad, levantando la nieve como si fuera una tormenta de arena. Sabía que iba demasiado rápido. No trató de aminorar la velocidad. Pero dio con un poco de nieve blanda que el viento había amontonado sobre un hueco y salió despedido y rodó entre un estrépito de esquíes, sintiéndose como un conejo alcanzado por una bala, hasta que se detuvo, con las piernas cruzadas y los esquíes encima. Tenía nieve en la nariz y las orejas.

George estaba un poco más abajo, sacudiéndose la nieve de la chaqueta.

—Lo has hecho muy bien —le dijo a Nick—. Esa dichosa nieve blanda. A mí me ha pasado lo mismo.

—¿Cómo está la pendiente? —Nick sacudió los esquíes tendido de espalda y luego se levantó.

—Tienes que mantenerte a la izquierda. Es una pendiente muy pronunciada y hay que dar un rodeo abajo porque hay un cerco.

—Espera un segundo y bajamos juntos.

—No, tú primero. Me gusta ver cómo tomas las pendientes.

Nick Adams pasó junto a George. Todavía quedaba un poco de nieve sobre su espalda ancha y su cabeza rubia. Sus esquíes empezaron a deslizarse por el borde y comenzó a bajar como una avalancha, produciendo un silbido en la nieve cristalina, casi flotando y cayendo al deslizarse por la pendiente. Se mantuvo a la izquierda y al final, mientras se precipitaba hacia el cerco con las rodillas juntas, volvió el cuerpo como si estuviera apretando un tornillo, torció los esquíes a la derecha y disminuyó la velocidad poniéndose paralelo a la ladera y al cerco.

Miró hacia arriba. George ya bajaba en posición, agachado con una pierna doblada hacia delante y arrastrando la otra. Los esquíes parecían las patas delgadas de un insecto que levantaban nieve al tocar la superficie. Por último la figura agachada dibujó una hermosa curva a la derecha, se agazapó con las piernas hacia delante y luego hacia atrás, inclinándose en dirección contraria mientras los bastones acentuaban la curva como puntas de luz en medio de una salvaje nube de nieve.

—Me daba miedo el rodeo —dijo George—, porque la nieve estaba muy honda. Tú lo has hecho maravillosamente bien.

—No puedo practicar el *telemark* por culpa de la pierna —dijo Nick.

Nick sostuvo el alambre del cerco con el esquí para que pasara George. Nick lo siguió y juntos bajaron al camino. Doblando las rodillas siguieron por el camino, adentrándose en un bosque de pinos. El camino se hizo hielo pulido, con algunos tintes anaranjados y de un amarillo tabaco. Los esquiadores se mantenían al lado del camino que, después de bajar hasta un arroyo, subía continuamente. A través de los árboles se veía un edificio alargado, de aleros bajos, erosionado por la intemperie. A través de los árboles, parecía de un amarillo desleído. Más cerca se veía que los marcos de las ventanas estaban pintados de verde. La pintura se descascarillaba. Nick aflojó las abrazaderas con uno de los bastones y se quitó los esquíes.

—Es mejor que subamos a pie —dijo.

Subió el empinado camino con los esquíes al hombro, haciendo sonar los clavos del taco contra el hielo del terreno. Oyó que detrás de él George hacía el mismo ruido y que tenía la respiración acelerada. Apoyaron los esquíes contra una pared lateral del albergue, se limpiaron la nieve de los pantalones, sacudieron las botas y entraron.

Dentro estaba muy oscuro. En un rincón de la sala brillaba el fuego dentro de una enorme estufa de porcelana. El cielorraso era bajo. A cada lado de la estancia había mesas manchadas de vino y bancos pulidos. Junto a la estufa estaban sentados dos suizos fumando en pipa ante sendos vasos de vino. Los chicos se quitaron las chaquetas y se sentaron contra la pared al otro lado de la estufa. En el cuarto contiguo una voz dejó de cantar y apareció una chica con delantal azul para ver qué querían tomar.

—Una botella de Sion —dijo Nick—. ¿Te parece bien, George?

—Por supuesto —dijo George—. Tú sabes más que yo de vinos. A mí me gustan todos.

La chica se fue.

—No hay nada como esquiar, ¿eh? —dijo Nick—. La manera como se siente uno bajando por una larga pendiente…

—Uf, sí —dijo George—. Es algo demasiado maravilloso, que no se puede describir.

La chica llegó con el vino, tuvieron problemas para descorchar la botella. Nick finalmente logró abrirla. La chica se fue y la oyeron cantando en alemán en el cuarto contiguo.

—Los pedacitos de corcho no importan —dijo Nick.

—¿Tendrán pastel?

—Preguntémosle.

La chica volvió y Nick se dio cuenta de que el delantal cubría el bulto de su preñez. «¿Por qué no lo he notado la primera vez que ha entrado?», pensó.

—¿Qué estabas cantando? —le preguntó.

—Ópera, ópera alemana. —Parecía no tener demasiadas ganas de charlar sobre el tema—. Tenemos un poco de *strudel* de manzana, si les apetece.

—No es muy amable, ¿no? —dijo George.

—Oh, bueno. No nos conoce y a lo mejor creyó que íbamos a tomarle el pelo por el canto. Es de la parte donde hablan alemán y probablemente se siente molesta aquí y además está esperando esa criatura sin estar casada y eso la vuelve más susceptible.

—¿Cómo sabes que no está casada?

—No lleva anillo. ¡Por favor! Aquí ninguna chica se casa hasta que la dejan preñada.

Se abrió la puerta y entraron unos leñadores sacudiéndose la nieve y las botas. La camarera les sirvió tres litros de vino y los leñadores se sentaron, fumando en silencio, sin el sombrero, apoyados contra la pared o inclinados sobre la mesa. Fuera, los caballos en los trineos de madera hacían sonar las campanillas de vez en cuando al sacudir la cabeza.

George y Nick estaban contentos. Eran buenos amigos. Sabían que les quedaba el regreso a casa, juntos.

—¿Cuándo tienes que volver a la universidad? —preguntó Nick.

—Esta noche —contestó George—. Tengo que tomar el tren de las diez y cuarenta en Montreux.

—Ojalá te pudieras quedar y fuéramos a esquiar en el Dent du Lys mañana.

—Necesito estudiar —dijo George—. ¡Cómo me gustaría que siguiéramos juntos, sin hacer nada! Cogeríamos los esquíes e iríamos en el tren a todos los sitios interesantes y luego pararíamos en las tabernas y atravesaríamos el Oberland, subiríamos al Valais y recorreríamos el Engadine, solo con el equipo y abrigos de lana y pijamas en las mochilas y nos importaría un bledo la universidad y todo.

—Sí, y así recorreríamos el Schwartzwald. Todos esos lugares magníficos…

—Ahí es donde fuiste a pasear el verano pasado, ¿no?

—Sí.

Comieron el *strudel* y terminaron el vino. George se apoyó contra la pared y cerró los ojos.

—El vino siempre me hace sentir así —dijo.

—¿Te encuentras mal? —preguntó Nick.

—No. Me encuentro bien, pero algo extraño.

—Lo sé —dijo Nick.

—Claro —dijo George.

—¿Tomamos otra botella? —preguntó Nick.

—Por mí, no —dijo George.

Nick tenía los codos apoyados encima de la mesa y George descansaba contra la pared.

—¿Helen va a tener un bebé? —dijo George, inclinándose hacia delante.

—Sí.

—¿Cuándo?

—A finales del próximo verano.

—¿Estás contento?

—Ahora, sí.

—¿Vas a volver a Estados Unidos?

—Supongo que sí.

—¿Quieres volver?

—No.

—¿Y Helen?

—No.

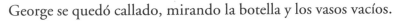

George se quedó callado, mirando la botella y los vasos vacíos.

—Es una mierda, ¿no? —dijo.

—No. No del todo —dijo Nick.

—¿Por qué no?

—No sé —dijo Nick.

—¿Vais a esquiar juntos en Estados Unidos? —dijo George.

—No lo sé —dijo Nick.

—Las montañas no son gran cosa —dijo George.

—No —dijo Nick—. Son demasiado rocosas. Hay demasiados árboles y están demasiado lejos.

—Sí —dijo George—, así es en California.

—Sí —dijo Nick—, así es en todas partes en las que he estado.

—Sí —dijo George—, así es.

Los suizos se levantaron, pagaron y se fueron.

—Ojalá fuéramos suizos —dijo George.

—Todos tienen bocio —dijo Nick.

—No lo creo —dijo George.

—Yo tampoco —dijo Nick.

Se rieron.

—A lo mejor no volvemos a esquiar, Nick —dijo George.

—Debemos hacerlo —dijo Nick—. Nada vale la pena si no se puede esquiar.

—Volveremos a esquiar —dijo George.

—Debemos hacerlo —asintió Nick.

—Ojalá pudiéramos prometerlo —dijo George.

Nick se puso de pie. Se abrochó la chaqueta. Se inclinó por encima de George y tomó los dos bastones que había apoyado contra la pared. Clavó uno de los bastones en el suelo.

—No sirve de nada prometer —dijo.

Abrieron la puerta y salieron. Hacía mucho frío. La nieve se había endurecido. El camino ascendía por la montaña, entre los pinos.

Tomaron los esquíes de donde los habían dejado, apoyados contra la pared del albergue. Nick se puso los guantes. George ya había empezado a subir por el camino con los esquíes al hombro. Ahora volverían a casa juntos.

XIII

Oí los tambores que se acercaban por la calle y después los pífanos y las gaitas, y luego doblaron la esquina, todos bailando. La calle se llenó con ellos. Maera lo vio y luego yo lo vi. Cuando interrumpieron la música para arrodillarse, él se agachó en la calle con los demás, y cuando volvió a sonar la música, él se puso de pie de un salto y danzó por la calle con todos ellos. Sin duda, estaba borracho.

—Ve tú con él —dijo Maera—, a mí me odia.

De modo que fui y los alcancé y lo tomé a él, que estaba agachado esperando que volviera a estallar la música, y dije:

—Vamos, Luis. Por el amor de Dios, tienes toros esta tarde.

Él no me oyó, estaba pendiente de que volviera a sonar la música.

—No seas un tonto redomado, Luis —dije—. Volvamos al hotel.

Entonces la música volvió a sonar y él dio un salto y empezó a bailar. Lo tomé de un brazo y él se soltó, y dijo:

—Ay, déjame tranquilo. No eres mi padre.

Volví al hotel y Maera estaba en el balcón esperando que lo llevara de vuelta. Al verme, entró y bajó la escalera, disgustado.

—Bueno —dije—, después de todo no es más que un salvaje mexicano ignorante.

—Sí —dijo Maera—, y ¿quién va a matar sus toros si tiene una cogida?

—Nosotros, supongo —dije.

—Sí, nosotros —dijo Maera—. Nosotros matamos los toros salvajes, y los toros borrachos, y los toros que bailan el riau-riau. Sí. Seguro, los matamos. Sí. Sí. Sí.

Mi viejo

Al pensarlo ahora, creo que mi viejo estaba destinado a ser un hombre gordo, uno de esos típicos gordinflones pequeños que se ven por ahí, pero, sin lugar a dudas, nunca acabó de enfilar ese camino, salvo hacia el final, aunque no por culpa suya, pues solo se dedicaba a las carreras de obstáculos y podía permitirse cargar con mucho peso. Recuerdo la manera como se calzaba la chaqueta impermeable encima de un par de jerséis y luego una voluminosa sudadera, para hacerme correr con él al mediodía, bajo un fuerte sol. Probablemente ya habría entrenado por la mañana con uno de los caballos de Razzo, temprano, tras llegar de Turín a las cuatro de la madrugada y haber ido directamente a los establos en un taxi y luego, cuando el rocío lo cubría todo y el sol empezaba a despuntar, yo ya lo habría ayudado a quitarse las botas y a ponerse un par de zapatillas y todos esos suéteres, y entonces nos iríamos a correr.

—Vamos, chico —me decía, paseándose de aquí para allá frente al vestuario de los jockeys—, a movernos.

Luego empezábamos el *footing* de inmediato por el interior de la pista, con él delante, corriendo a buen ritmo, y luego entrábamos por un portalón y tomábamos una de las carreteras flanqueadas de árboles y salíamos a San Siro. Yo ya iba delante de él al llegar al camino, y corría sin ningún problema, miraba hacia atrás y lo veía corriendo fácilmente, y al poco tiempo miraba hacia atrás otra vez y veía que él había empezado a sudar. Sudaba intensamente y me seguía de cerca con los ojos clavados en mi espalda, pero cuando me sorprendía mirándolo, sonreía y me decía: «¿Sudas mucho?». Cuando mi viejo sonreía, nadie podía evitar sonreír también. Seguíamos trotando, corriendo hacia las montañas, y luego mi viejo gritaba: «¡Eh, Joe!», y yo miraba hacia atrás y lo veía sentado bajo un árbol con la toalla que había llevado atada a la cintura enrollada alrededor del cuello.

Entonces yo retrocedía y me sentaba a su lado y él sacaba una soga del bolsillo y se ponía a saltar a la cuerda bajo el sol entre el polvo, con el sudor brotándole en la cara y la cuerda haciendo «clop, clop», y el sol cada vez más fuerte, y él esforzándose en el camino. También era una maravilla ver a mi viejo saltar a la cuerda. Podía hacerla zumbar. Y había que ver a unos italianos observándonos al pasar, mientras se dirigían a la ciudad, caminando a zancadas, con grandes bueyes que tiraban de sus carros. Miraban de una manera como si pensaran que el viejo había perdido la razón. Mi padre empezaba a hacer girar la cuerda más rápido, hasta que ellos se paraban de pronto sin dejar de mirarlo, hasta que se ponían de nuevo en marcha.

Cuando me sentaba a observar sus ejercicios me quedaba prendado. Los llevaba a cabo de forma rítmica y terminaba con un salto regular que hacía que de la cara le brotara sudor como si fuera agua. Entonces colgaba la cuerda en el tronco de un árbol e iba a sentarse conmigo. Se recostaba contra el árbol, con la toalla y un suéter alrededor del cuello.

—Te aseguro que es un infierno quemar grasa, Joe —decía mientras cerraba los ojos y respiraba largo y profundamente—. No es como cuando uno era joven.

Se levantaba y antes de empezar a enfriarse volvíamos al trote corto. De este modo bajaba de peso. La obesidad lo preocupaba todo el tiempo. Era una obsesión. La mayoría de los jockeys puede montar cualquier caballo. El jockey pierde alrededor de un kilo cada vez que corre, pero eso no le hacía ningún efecto a mi viejo, que para bajar de peso debía hacer mucho ejercicio.

Recuerdo que una vez en San Siro, un pequeño italiano llamado Regoli, que montaba los caballos de Buzoni, atravesó el paddock camino del bar para tomar algo fresco. Acababa de pesarse y se golpeaba ligeramente las botas con la fusta. Mi viejo también se había pesado, y salió tras Regoli con la montura bajo el brazo. Daba la impresión de estar cansado y que la ropa de seda le quedara pequeña. Se detuvo a mirar al joven Regoli, que estaba junto al bar, al aire libre, fresco y con cara de inocente. Yo le pregunté a papá qué le pasaba. Él miró a Regoli, un jockey menudo, y sin apartar la vista de él, me dijo: «¡Oh! Que se vaya al diablo», y continuó su camino al vestuario.

Joe piensa que tal vez lo mejor para ellos habría sido quedarse en Milán y correr en Milán y Turín, pues si bien nunca había carreras fáciles, al menos eran sitios para probar suerte.

—Pianola, Joe —dijo mi viejo cuando desmontó en el establo del ganador de la carrera de obstáculos, que según los italianos eran carreras endemoniadas—. Es una cosa fácil. Lo que hace que los obstáculos sean peligrosos es el modo de correr. Aquí eso no cuenta, y los obstáculos tampoco son especialmente complicados. El inconveniente es el modo de correr, nada más; eso hace los saltos peligrosos, Joe.

San Siro era el mejor hipódromo que yo había visto, pero mi viejo decía que correr allí era una vida de perros. Era duro tener que ir y volver de Mirafiore a San Siro y correr allí casi todos los días de la semana, con un viaje en tren casi todas las noches.

Yo también estaba loco por las carreras de caballos. Se siente algo extraño cuando vas a la pista y ves que los caballos van y vienen del puesto de salida. Es excitante ver al jockey firme en su montura, con las riendas tensas o aflojándolas para que el animal corra un trecho. Cuando llegaba el momento de la carrera, yo me sentía peor que nunca. Especialmente en San Siro, con esa gran área verde y el paisaje de las montañas que se levantan a lo lejos y el juez, un *wop* gordo, con su enorme látigo y los jockeys moviéndose en un racimo y posicionándose riendas en mano. Y luego, al sonar la campana, todo empeoraba, con la barrera que se elevaba de pronto y todos saliendo en tropel, luego separándose con lentitud. Todo el mundo sabe cómo salen los competidores, ¿verdad? Si uno está arriba, en la tribuna, con unos prismáticos, todo lo que ve es a los caballos hocicando, hasta que suena la campana, y parece que pasen mil años, y enseguida los ves, ya doblando la curva. Para mí no había nada igual.

Pero mi viejo me dijo un día, en el vestuario, cuando se estaba poniendo la ropa de calle:

—Ninguno de estos son caballos, Joe. En París los venderían por sus cueros y cascos.

Ese fue el día que ganó el Premio Commercio con Lantorna, separado del resto en los últimos cien metros, con tanta facilidad como sacar el corcho de una botella.

Fue después del Premio Commercio cuando hicimos las maletas y nos fuimos de Italia. Mi viejo, Holbrook y un viejo gordo con un sombrero de paja que no hacía más que enjugarse la cara con un pañuelo discutieron en una mesa, en la Galleria. Todos hablaban en francés y aquellos dos querían algo de mi padre. Finalmente él se calló y no dijo nada más, solo se sentó y miró a Holbrook, y después los dos siguieron hablando, uno después del otro, y el gordinflón mirando siempre a Holbrook.

—Ve y cómprame el *Sportsman*, ¿quieres, Joe? —dijo mi viejo y me dio un par de monedas sin quitarle los ojos de encima a Holbrook.

De modo que salí de la Galleria y caminé hasta el frente de la Scala y compré un periódico, y regresé y me mantuve a cierta distancia porque no quería entrometerme y mi viejo estaba recostado en su silla mirando su café y jugando con la cuchara y Holbrook y el enorme gordo se pusieron en pie y el gran gordo se enjugaba la cara y meneaba la cabeza. Y me acerqué y mi viejo se portó entonces como si los otros dos no se hubieran levantado y dijo:

—¿Quieres un helado, Joe?

Holbrook bajó los ojos para mirar a mi viejo y dijo en voz baja y con cuidado:

—Hijo de puta.

Y él y el gordo se alejaron entre las mesas.

Mi viejo se quedó sentado y trató de sonreír, pero tenía la cara blanca y parecía muy enfermo y supe que algo había pasado y yo no entendía cómo alguien podía llamar «hijo de puta» a mi padre y salirse con la suya. Mi viejo abrió el *Sportsman* y estudió los hándicaps un momento, y luego dijo:

—Hay que soportar muchas cosas en este mundo, Joe.

Y tres días después dejamos Milán para siempre en el tren de Turín a París, después de vender en la caballeriza de Turner todo lo que no pudimos meter en un baúl y una maleta.

Llegamos a París por la mañana temprano, a una estación larga y sucia que, según me dijo mi viejo, era la Gare de Lyon. París era una ciudad enorme y fea comparada con Milán. Parecería que en Milán todos van a alguna parte y todos los tranvías también y no hay confusión, pero París es una gran confusión que nadie arregla. Sin embargo, empezó a gustarme, o parte de ella, y, de todos modos, tiene los mejores hipódromos del mundo. Parecerá que eso es lo que la mantiene siempre ocupada y que lo único que uno puede imaginar es que todos los días los autobuses van a las carreras donde se corre, que van directos a la pista. Yo nunca llegué a conocer bien París, porque solo viajaba con mi viejo una o dos veces por semana, y él se reunía siempre en el Café de la Paix o la Ópera con el resto de la pandilla de Maisons, y creo que esa es una de las partes más bulliciosas de la ciudad. Pero, digamos, es raro que una ciudad grande como París no tenga una Galleria, ¿no?

Bueno, fuimos a vivir a Maisons-Lafitte, donde vive casi todo el mundo, salvo la pandilla de Chantilly, con una tal señora Meyers, dueña de una pensión. Las pensiones son el lugar más agradable para vivir que he visto nunca. La ciudad no es gran cosa, pero hay un lago y un magnífico bosque donde solía ir con un par de chicos como yo a holgazanear el día entero, y mi viejo me hizo una honda y cazamos muchas cosas con ella, la mejor de las cuales fue una urraca. Un día, el joven Dick Atkinson le acertó a un conejo con ella, y lo pusimos debajo de un árbol y allí nos sentamos y Dick trajo unos cigarrillos, pero de repente el conejo dio un salto y desapareció en la maleza y por más que lo buscamos no pudimos encontrarlo. Cuánto nos divertíamos en Maisons. La señora Meyers solía darme de comer por la mañana y yo me quedaba fuera de casa todo el día. Aprendí a hablar francés rápidamente. Es un idioma fácil.

No bien llegamos a Maisons, mi viejo escribió a Milán para que le enviaran su licencia, y eso nos tuvo preocupados hasta que llegó. Él solía sentarse allí, en Maisons, con sus amigos en el Café de París, donde había muchos conocidos suyos de cuando vivía en Maisons, y tenía mucho tiempo para pasarlo en el café, porque el trabajo de los caballos de carrera en el establo termina a las nueve de la mañana. Sacan a galopar a la primera manada de caballos a las cinco y media de la mañana y trabajan el segundo lote a las ocho. Eso implica levantarse muy temprano y acostarse temprano, también. Si el jockey además prepara caballos de alguien, no puede salir a emborracharse porque el entrenador lo vigila siempre si es joven, y si no es joven tampoco le quita los ojos de encima. De modo que si un jockey no trabaja siempre, pasa el tiempo en el Café de París con los muchachos y a veces están allí dos o tres horas, con alguna bebida como vermut o seltz, y cuentan historias o juegan al billar y se parece a un club o a la Galleria de Milán. Solo que no es como la Galleria porque todo el tiempo pasa gente y las mesas siempre están ocupadas.

Mi viejo recibió por fin la licencia. Se la mandaron sin decir nada y pudo hacer un par de carreras. Fue a Amiens, en el norte, y esa clase de cosas, pero no consiguió ningún contrato. Todo el mundo lo quería y siempre que yo iba al café por la tarde encontraba a alguien bebiendo con él porque mi viejo no era tacaño como la mayoría de los jockeys, que aún guardan el primer dólar que ganaron montando en la Feria Mundial en Saint Louis en 1904. Eso solía decir mi viejo cuando bromeaba con George Burns. Pero parecía que todo el mundo evitaba darle caballos para montar a mi viejo.

Todos los días íbamos en coche desde Maisons a donde hubiera carreras, y eso era lo más divertido. Me alegraba ver a los caballos que regresaban de pasar el verano en Deauville. Aunque eso significara el fin de los paseos por el bosque, porque entonces viajábamos a Enghien o Tremblay o Saint-Cloud y mirábamos desde la tribuna de los entrenadores y jockeys. Aprendí mucho de las carreras de caballos saliendo con esa gente, y cada vez me gustaba más.

Recuerdo un día en Saint-Cloud. Era una gran carrera de doscientos mil francos, con siete inscripciones dobles. El favorito era Kzar. Fui al paddock a ver los caballos con mi viejo. Nunca se habían visto semejantes caballos. Kzar, un bayo grande, estaba hecho para correr. Nunca vi un caballo igual. Lo estaban haciendo desfilar con la cabeza gacha, y cuando pasó por mi lado sentí un vacío dentro de mí, de lo hermoso que era. Nunca he visto un caballo de carreras más bello, mejor formado y maravilloso. Y daba la vuelta al paddock poniendo las patas con calma y cuidado y se movía como si supiera exactamente lo que debía hacer, sin tironear, y marchaba sin saltar ni encabritarse, no como esos caballos que van a disputar un premio dopados. Había tanta gente que no pude volver a verlo, excepto las patas al pasar y un poco de amarillo. Mi viejo se abrió camino y yo fui tras él, hacia el vestuario de los jockeys, entre los árboles. Allí también había gran cantidad de público, pero el hombre que vigilaba la entrada le hizo una seña a mi viejo y entramos en el vestuario y todo el mundo estaba sentado o poniéndose la chaquetilla o la camisa y las botas y hacía calor y olía a sudor y linimento y fuera estaba la multitud mirando hacia dentro.

Mi viejo y yo pasamos y él se sentó al lado de George Gardner, que se estaba poniendo los pantalones, y mi viejo preguntó: «¿Qué se sabe, George?» con un tono normal y corriente, porque es inútil intentar llamar su atención, pues a veces ni siquiera detecta tu presencia.

—No va a ganar —dijo George en voz muy baja, inclinándose y abrochándose los pantalones.

—¿Quién gana? —preguntó mi viejo, agachándose y acercándose para que nadie pudiera oír nada.

—Kircubbin —dijo George— y, si gana, guárdame un par de boletos.

Mi viejo dijo algo a George con una voz normal y George dijo, como bromeando: «Nunca apuestes a nada que yo diga», y nos escabullimos a través de la multitud que miraba hacia dentro, hasta la máquina de apuestas de cien francos. Pero yo sabía que se estaba cociendo algo gordo, porque George es el jockey de Kzar. En el trayecto nos abrimos paso entre el gentío que nos miraba y vimos que Kzar solo pagaba 5 a 10, Cefisidote lo seguía 3 a 1, y el quinto en la lista era Kircubbin, 8 a 1. Mi viejo apostó cinco mil a Kircubbin como ganador y mil como placé, y nos fuimos hacia la Gran Tribuna a subir las escaleras y conseguir un lugar para ver la carrera.

Estábamos apretados entre la multitud y primero apareció un hombre con abrigo largo y sombrero gris con un látigo doblado en la mano, y luego llegaron los caballos, uno tras otro, con los jockeys subidos a ellos y los peones llevándolos de la brida, todos siguiendo al hombre de gris. El gran caballo bayo Kzar fue el primero en pasar. No parecía tan grande cuando uno lo miraba por primera vez, hasta que se veía el largo de las patas y el cuerpo y la manera como se movía. Dios mío, yo nunca había visto un caballo así. George Gardner lo montaba y se movía despacio, detrás del hombre alto de gris, que caminaba como si fuera el maestro de ceremonias.

Detrás de Kzar, que avanzaba suavemente y amarillo al sol, había un hermoso zaino negro montado por Tommy Archibald, y detrás del negro una hilera de cinco caballos más, todos moviéndose con lentitud. Mi viejo dijo que el negro era Kircubbin, y le eché un vistazo. Parecía un caballo magnífico, pero nada que ver con Kzar.

Todo el mundo vitoreó a Kzar a su paso, y no hay duda de que era un caballo de primera. El desfile pasó por el otro lado y luego regresó al extremo más cercano de la pista y el maestro de ceremonias hizo que los mozos de cuadra soltaran a los caballos para que pudieran galopar junto a las tribunas mientras se dirigían a la línea de salida. Cuando sonó la campana no estuvieron ni un segundo en el poste de salida, y enseguida se vio al grupo alejándose por la primera curva como si de caballos de juguete se tratara. Yo los observaba con mis prismáticos. Pasaron por delante de nosotros,

Kzar seguía último y Kircubbin iba delante y corriendo con soltura. Diré que es tremendo cuando pasan por tu lado y luego los ves alejarse y se van haciendo cada vez más pequeños y vuelven a agruparse en las curvas y luego se dirigen a la recta y te entran ganas de decir palabrotas y maldecir o algo peor. Por fin tomaron la última curva y llegaron a la recta con Kircubbin encabezando la carrera. La gente parecía desconcertada y decía «Kzar», pero sin energía, y los caballos se acercaban cada vez más a la recta, y entonces algo asomó del grupo dentro de mis prismáticos, una especie de mancha amarilla con forma de cabeza de caballo y todos comenzaron a gritar «Kzar» como si se hubieran vuelto locos. Kzar iba más deprisa de lo que yo había visto en mi vida y se acercaba a Kircubbin, que iba todo lo veloz que puede ir un caballo negro con un jockey arreándole con la fusta con todas sus fuerzas, y durante un segundo estuvieron cuello con cuello, pero Kzar parecía ir el doble de rápido con esas descomunales zancadas y la cabeza hacia delante…; sin embargo, fue mientras iban cuello con cuello cuando pasaron por delante del poste de llegada y enseguida aparecieron los números de los ganadores. El primero fue el 2, lo que significaba que había ganado Kircubbin.

Yo temblaba y experimenté una extraña sensación. Luego nos quedamos atrapados entre la multitud que subía las escaleras hasta llegar delante del tablero que indicaba cuánto ganaba Kircubbin. Yo había deseado con todas mis fuerzas que ganara Kzar. Pero ahora que todo había acabado era estupendo saber que habíamos acertado con el ganador.

—¿No ha sido una buena carrera, papá? —le dije.

Me miró divertido, con el bombín echado para atrás.

—George Gardner es un jockey extraordinario, desde luego —dijo—. Porque hay que ser extraordinario para impedir que gane Kzar.

Naturalmente, desde el principio supe que había gato encerrado. Pero mi viejo lo dijo con satisfacción, aunque yo no le vi la gracia, ni siquiera cuando colocaron los números en el tablero y sonó la campana del pago de apuestas y vimos que Kircubbin pagaba 67,5 a 10. Todo el mundo iba diciendo: «¡Pobre Kzar! ¡Pobre Kzar!». Y me dije: «Ojalá fuera jockey y pudiera montarlo en lugar de ese hijo de puta». Y fue muy raro que llamara a George Gardner «hijo de puta», porque siempre me había caído bien y además nos había dado el nombre del ganador, pero supongo que en el fondo eso es lo que era.

Después de la carrera mi viejo tenía un montón de dinero y me llevó a París con más frecuencia. Si había carreras en Tremblay, se hacía dejar en la ciudad en el regreso a Maisons-Lafitte, y él y yo nos sentábamos en la acera del Café de la Paix y mirábamos a los transeúntes. Era un lugar delicioso. Por allí pasaba un torrente de personas y se acercaba todo tipo de individuos que querían vender algo, y a mí me encantaba estar allí con mi viejo. Fue la época en que más nos divertimos. Se nos acercaban unos tipos que vendían unos curiosos conejos que saltaban si se apretaba una perilla de goma, y mi viejo bromeaba con ellos. Hablaba el francés tan bien como el inglés y aquellos tipos lo conocían, porque siempre se reconoce a los jockeys. Siempre nos sentábamos a la misma mesa y se habían acostumbrado a vernos allí. Había tipos que vendían periódicos de anuncios de contactos y chicas que vendían huevos de goma que al apretarlos dejaban salir un gallo.

Y había un tipo con aire de lombriz y llevaba postales de París que enseñaba a todo el mundo, y naturalmente nadie le compraba nunca, y entonces él volvía y mostraba las mismas postales al revés, con escenas pornográficas, y entonces mucha gente se metía la mano en el bolsillo y sacaba dinero para comprarlas.

¡Ah! Me acuerdo de toda la gente rara que solía pasar por allí. Mujeres que a la hora de cenar buscaban a alguien que las invitara, y hablaban con mi viejo y le gastaban alguna broma en francés. Después me acariciaban la cabeza y seguían su camino. Una vez, había una americana sentada con su hija en la mesa de al lado y ambas comían helados. Yo no apartaba la vista de la chica, que era sumamente guapa y yo le sonreía y ella me sonreía, pero no ocurrió nada. Eso fue todo. Todos los días busqué a esas dos mujeres. Pero no volví a ver a ninguna de las dos. Me imaginaba todo lo que les diría y me preguntaba si de llegar a conocerlas la madre me permitiría llevar a la hija a pasear a Auteuil o a Tremblay, pero jamás volví a verlas. De todos modos, creo que no hubiese valido la pena, porque al recordarlo me viene a la cabeza que yo pensaba que la mejor manera de abordarla sería así: «Perdone, ¿quiere que le dé el nombre de algún ganador en las carreras de Enghien de hoy?», y después de eso a lo mejor ella habría pensado que yo era uno de esos que vendían pronósticos, y no alguien que quería ofrecerle gratis un ganador.

Nos sentábamos en el Café de la Paix, mi viejo y yo, y teníamos una buena relación con el camarero, porque mi viejo tomaba whisky, que costaba cinco francos, lo que significaba una buena propina cuando se contaban los platillos. Mi viejo bebía más que nunca, pero ya no hacía carreras, y decía que el whisky evitaba el aumento de peso. Pero yo observaba que estaba engordando. Se alejó de sus viejos amigotes de Maisons y, al parecer, lo único que le gustaba era sentarse conmigo en el bulevar. Pero gastaba dinero a diario en las carreras. Cuando acababa la última carrera, si aquel día había perdido, se sentía triste, y no se le pasaba hasta que llegábamos a nuestra mesa y se tomaba el primer whisky.

A veces interrumpía la lectura del *Paris-Sport* para decirme:

—¿Dónde está tu novia, Joe? —refiriéndose a lo que yo le había contado acerca de aquella chica de al lado.

Yo me ruborizaba, pero esas bromas me complacían. Me hacían sentir bien.

—Mantén los ojos bien abiertos —decía—. Volverá.

Me hacía preguntas, y algunas de mis respuestas lo hacían reír. Entonces me hablaba de cualquier cosa. De que había corrido en Egipto, o en Saint Moritz con la pista cubierta de hielo, antes de que muriera mi madre, y de la época de la guerra, cuando solía haber carreras sin premio en el sur de Francia, o de las apuestas, o de la gente que pasaba, o de cualquier cosa que las perpetuara. Eran carreras como las de ahora, donde los jockeys ponían a los caballos al límite. Yo podía pasar horas escuchando a mi viejo, especialmente cuando él tomaba un par de copas. Me hablaba de cuando era niño en Kentucky e iba a cazar coatíes, y de los buenos tiempos en Estados Unidos, antes de la crisis.

Y agregaba:

—Joe, si alguna vez ganamos una buena apuesta, volverás a Estados Unidos e irás a la escuela.

—¿Por qué tengo que volver para ir a la escuela si dices que todo está peor con la crisis?

—Eso es distinto —me decía, y llamaba al camarero y pagaba la pila de platillos y tomábamos un taxi hasta la Gare Saint-Lazare y luego un tren con dirección a Maisons.

Un día en Auteuil, después de una de esas carreras de obstáculos en las que luego se venden los caballos, mi viejo compró el ganador por treinta mil francos. Tuvo que insistir un poco para conseguirlo, pero al final la caballeriza accedió y mi viejo recibió su permiso y sus colores en una semana. Yo me sentí muy orgulloso de que mi viejo fuera propietario. Arregló con Charles Drake todo lo referente al establo y dejó de viajar a París. Empezó a correr y a sudar de nuevo. Él y yo éramos todo el equipo del establo. Dejó de ir a París. Nuestro caballo se llamaba Gilford, era de raza irlandesa y saltaba bien y con estilo. Mi viejo pensaba que entrenarlo y montarlo él mismo era una buena inversión. Yo estaba orgulloso de todo aquello, y Gilford me parecía tan buen caballo como Kzar. Era un fuerte bayo saltador. Muy veloz en el llano, si se lo exigían, y de excelente aspecto.

Ah, me encantaba. La primera vez que corrió montado por mi viejo terminó tercero en una carrera de obstáculos de dos mil quinientos metros, y cuando mi viejo se bajó del caballo, todo sudoroso y feliz en el compartimiento de la caballeriza y entró a pesarse, me sentí tan orgulloso de él como si se hubiese tratado de la primera carrera en que obtenía una buena colocación final. Ya ven, cuando alguien deja la pista por mucho tiempo, se hace difícil creer que haya corrido alguna vez. Todo era distinto ahora. En Milán ni siquiera las grandes carreras parecían importar a mi viejo. Cuando ganaba no se entusiasmaba ni nada, pero la situación cambió cuando se convirtió en propietario. Yo no podía dormir la noche antes de una carrera, y advertí que él también estaba nervioso, aun cuando no lo demostrara. Cuando uno monta su propio caballo todo es distinto.

La segunda vez que Gilford y mi viejo corrieron fue un domingo lluvioso en Auteuil, en el Prix du Marat, una carrera de obstáculos de cuatro mil quinientos metros. En cuanto mi viejo salió, subí a la tribuna con los prismáticos nuevos que él me había comprado para que mirara la carrera. Los competidores se fueron al otro extremo de la pista. En la barrera hubo cierta dificultad. Un caballo con anteojeras estaba armando mucho alboroto y encabritándose, pero pude ver la chaquetilla negra con una cruz blanca y la gorra oscura de mi viejo, sentado sobre Gilford y acariciándolo con la mano. Después salieron de un salto y se perdieron detrás de los árboles. ¡Dios mío! Yo estaba tan emocionado que me daba miedo mirar, pero dirigí los prismáticos hacia el otro lado de la arboleda. Salieron por ese sitio, y vi la chaquetilla negra en el tercer lugar, parecían pájaros flotando en el aire. Luego los perdimos otra vez de vista antes de bajar por la colina, con rapidez y sin esfuerzo aparente, y pasaron la valla en pelotón, alejándose de nosotros sin perder la unidad. Iban tan apretados y con el paso tan sincronizado que parecían un solo pelotón. Entonces llegó el momento de sortear el doble seto y alguien cayó. No pude ver quién era, pero un caballo se levantó enseguida y siguió galopando solo, mientras el resto, sin romper el pelotón, doblaba la larga curva a la izquierda que enfilaba hacia la recta. Los vi venir y alenté a mi viejo cuando pasó llevando casi un largo de ventaja, ágil como un mono. Al llegar al tupido seto que ocultaba el charco se oyó un estrépito. Dos caballos salieron por el lado y siguieron corriendo. Otros tres quedaron amontonados allí.

Yo no veía a mi viejo por ninguna parte. Un caballo que estaba de rodillas se levantó y el jockey agarró la brida, lo montó y se fue a toda velocidad. El segundo caballo se incorporó por sus propios medios y empezó a alejarse, solo, sacudiendo la cabeza y galopando con la rienda colgando, y el jockey fue trastabillando a un lado de la pista y acabó apoyándose contra la cerca. A continuación vi a Gilford, que rodaba a un lado y se apartaba de mi padre, se levantaba y corría a tres patas, con la delantera izquierda inerte. Mi viejo quedó tendido sobre la hierba, boca arriba, con un lado de la cabeza cubierto de sangre. Bajé corriendo la tribuna y me topé con una multitud. Llegué a la baranda, pero un policía me agarró y me sujetó. Dos camilleros iban a recoger a mi padre, y al otro lado de la pista vi tres caballos que salieron de la arboleda y saltaron la valla.

Mi viejo estaba muerto cuando lo trajeron. Mientras el médico lo auscultaba con un aparato colocado en sus oídos, oí el disparo del arma de fuego que mató a Gilford en la pista. Me aferré a la camilla y lloré y lloré. Pensé en la inutilidad del sacrificio de Gilford. Quizá se le hubiera curado la pata. No sé. Yo quería mucho a mi viejo.

Luego entraron dos tipos y uno de ellos me dio unas palmaditas en la espalda y luego extendió una sábana sobre la camilla y la cubrió. El otro había llamado por teléfono, en francés daba instrucciones de que mandaran una ambulancia para llevarlo a Maisons. Yo no podía dejar de llorar. Lloraba, parecía que me ahogaba. George Gardner entró y se sentó a mi lado en el suelo y me abrazó y me dijo:

—Vamos, Joe, muchacho. Levántate y salgamos a esperar la ambulancia.

George y yo salimos a la verja y yo intentaba dejar de berrear y él me limpió la cara con el pañuelo y nos quedamos un poco atrás mientras un gentío salía por la verja. Dos hombres se detuvieron junto a nosotros mientras esperábamos que la multitud se fuera. Uno de ellos contaba un fajo de boletos de apuestas y dijo:

—Bueno, Butler ya ha tenido su merecido.

—Me importa un comino —dijo su compañero—. ¡Maldición! Cayó abatido por sus propias armas, el sinvergüenza.

—Ya lo creo —asintió el primero antes de hacer pedazos los boletos.

George Gardner me miró para saber si yo había oído y al constatarlo dijo:

—No hagas caso de lo que dicen esos vagos, Joe. Tu viejo era un gran tipo.

Pero no lo sé. Parece que cuando empiezan a hablar no se salva nadie.

XIV

Maera yacía quieto, con la cabeza sobre los brazos, la cara contra la arena. Se sentía tibio y pegajoso por la sangre que brotaba de la cornada. A veces el toro solo le daba golpecitos con la cabeza. Una vez el cuerno entró hasta dentro y él sintió que se clavaba en la arena. Alguien sujetaba al toro por la cola. Todos lo maldecían y le sacudían la capa en su cara. Después se llevaron al toro. Unos hombres levantaron a Maera, corrieron con él hacia la barrera, la atravesaron por el pasillo de debajo de la tribuna hasta la enfermería. Acostaron a Maera en una camilla y uno de los hombres fue a buscar al médico. Los otros permanecieron de pie. El médico llegó corriendo desde el corral, donde había estado cosiendo las heridas de los caballos del picador. Tuvo que detenerse a lavarse las manos. Desde la tribuna, arriba, llegaba un griterío. Maera sentía que todo se iba agrandando y agrandando y después se hacía más y más pequeño. Luego se fue agrandando y agrandando y agrandando y se hizo más y más pequeño. Después todo empezó a ir más y más rápido, como cuando se acelera una película cinematográfica. Luego, murió.

El gran río de dos corazones I

El tren se perdió de vista detrás de una de las colinas formadas por madera quemada y apilada. Nick se sentó sobre la mochila con la lona y la ropa de cama que el encargado le había arrojado por la puerta del vagón de equipajes. No había pueblo, no había nada, excepto los rieles y el campo arrasado por el fuego. No había quedado ni rastro de las trece cantinas que antes flanqueaban la única calle de Seney. Se veían los cimientos de la Mansión. La piedra estaba descascarillada y agrietada por el fuego. Eso era todo lo que quedaba de Seney. Hasta la superficie del suelo había sido devastada.

Nick miró la colina chamuscada sobre la que había esperado ver las casas desparramadas del pueblo y luego caminó siguiendo las vías hasta el puente. El río aún estaba allí. Formaba remolinos contra los pilotes de madera del puente. Nick miró el agua clara por los guijarros coloreados del fondo y se puso a observar las truchas que se mantenían luchando contra la corriente agitando las aletas. Mientras las observaba, cambiaban de posición con rápidos movimientos angulares y luego volvían a mantenerse quietas. Nick las observó largo tiempo.

Las observó dando la cara a la corriente. Eran muchas truchas en el agua profunda y torrentosa, y se veían ligeramente distorsionadas a través de la vítrea superficie convexa del arroyo, que presionaba y aumentaba contra la resistencia que ofrecían los pilotes del puente. Las truchas grandes estaban en el fondo. Nick no las vio al principio. Luego las vio en el fondo, eran grandes y trataban de quedarse quietas entre los guijarros en medio de la nubosidad cambiante de arenilla de la corriente.

Nick miró el fondo del arroyo desde el puente. Hacía calor. Un martín pescador remontó el río. Hacía mucho que Nick no veía truchas ni miraba la profundidad de un río. Las truchas le parecieron muy satisfactorias. A medida que la sombra del martín pescador se desplazaba río arriba, una gran trucha saltó del agua trazando una amplia parábola, solo que era su sombra la que trazaba la parábola, luego perdió la sombra al acercarse a la superficie, fue iluminada por el sol y al volver a sumergirse reapareció la sombra, que ahora parecía flotar en el agua hasta un lugar debajo del puente, donde permaneció firme, afrontando la corriente y sus embates.

Nick sintió algo en el corazón al contemplar el movimiento de la trucha. Sintió que volvía la vieja sensación de bienestar.

Giró y dirigió la mirada río abajo. Se extendía a lo largo de un gran trecho. Su lecho era de guijarros con grandes cantos rodados y partes profundas, y tenía curvas y playas.

Nick volvió a donde había dejado la mochila, entre las cenizas junto a las vías. Se sentía feliz. Apretó las correas del bulto y se lo echó al hombro, metió las manos debajo de las correas y se colgó la mochila a la espalda, agachando la cabeza todo lo posible para tratar de aliviar el peso sobre los hombros. Pero la mochila era demasiado pesada. Demasiado pesada. Llevaba en la mano el estuche de cuero en que guardaba la caña de pescar. Sin dejar de caminar inclinado hacia delante para que el peso descansara en la parte superior de la espalda, siguió el camino paralelo a las vías alejándose del pueblo incendiado, y luego dobló por una colina rodeada de otras dos, también chamuscadas por el incendio, y tomó una senda que se internaba en el campo. Caminó por ella bajo el peso de la mochila que le causaba dolor. Subía continuamente. La ascensión era ardua. Hacía calor y le dolían los músculos, pero Nick se sentía feliz. Todo había quedado atrás, la necesidad de pensar, la necesidad de escribir, otras necesidades. Todo había quedado atrás. Desde el momento en que se había bajado del tren y el encargado le había tirado la mochila por la portezuela abierta del vagón, las cosas habían empezado a cambiar. Seney había sido arrasado por el incendio, el campo estaba devastado y distinto, pero no importaba. No podía haberse perdido todo. Eso lo sabía. Siguió caminando, sudando bajo el sol, siempre hacia arriba para cruzar la cadena de colinas que separaba el ferrocarril de las llanuras con pinos. El camino seguía, con descensos ocasionales, pero por lo general subiendo. Nick lo siguió. Por fin el camino, después de correr paralelo a la ladera chamuscada, llegó a la cima. Nick descansó apoyándose contra un tronco y se quitó la mochila. Delante, en toda la extensión que alcanzaba su vista, estaban los pinos. El terreno devastado terminaba a la izquierda, junto con las colinas. Hacia delante se elevaban los oscuros pinos. Lejos, a la izquierda, estaba el río. Nick lo siguió con la mirada y pudo ver los reflejos del sol en el agua.

Ante él no había nada, excepto la llanura de pinos, y luego las colinas azules, en la distancia, que delimitaban el Lago Superior. Apenas si se divisaban, débiles y lejanas. Si fijaba demasiado la vista, desaparecían. Pero si miraba a medias, las veía.

Nick se sentó contra el tronco quemado y se fumó un cigarrillo. Su mochila se balanceaba en el extremo del tronco, con las correas colgando. Había un hoyo en la mochila, hecho por su espalda. Nick permaneció sentado fumando y mirando el paisaje. No necesitaba sacar el mapa. Sabía dónde estaba por la posición del río. Mientras fumaba con las piernas extendidas, se fijó en un saltamontes que se posó en su calcetín de lana. Era un saltamontes negro. Mientras caminaba por el camino habían surgido de la polvareda muchos de ellos. Todos eran negros. No eran esos grandes con las alas amarillas y negras, o rojas y negras que zumbaban al remontar vuelo. Estos eran saltamontes comunes, pero todos renegridos. A Nick le habían llamado la atención, sin ponerse en realidad a pensar en ellos. Ahora, mientras observaba el saltamontes negro que mordía el calcetín de lana con su boca de cuatro puntas, se dio cuenta de que se habían vuelto negros por vivir en esa tierra devastada. Se dio cuenta de que el incendio debió de haber ocurrido el año anterior, porque todos los saltamontes eran negros. Se preguntó cuánto tiempo seguirían negros.

Con mucho cuidado alargó la mano y tomó al insecto por las alas. Lo volvió patas para arriba y observó el abdomen articulado. Sí, también era negro, irisado en el tórax, que estaba cubierto de polvo, igual que la cabeza.

—Vete, saltamontes —dijo Nick, hablando en voz alta por primera vez—. Vuela hacia algún lado.

Soltó al insecto en el aire y lo observó volar hasta el tronco carbonizado que estaba del otro lado del camino.

Nick se incorporó. Apoyó la espalda contra la mochila, que colgaba del tronco, y pasó los brazos por las correas. Cargado con la mochila se detuvo en el borde de la colina y observó la comarca y el río distante y luego bajó la colina, alejándose del camino. Ahora era fácil la caminata. La línea demarcatoria del incendio terminaba a unos doscientos metros de la colina. Después crecían los helechos, altos hasta el tobillo, y los pinos. Era un terreno ondulado, con subidas y bajadas frecuentes de suelo arenoso.

Nick se orientaba por el sol. Sabía el lugar del río al que quería ir y continuó caminando entre los pinos, escalando pequeñas subidas para ver que había otras delante de él, flanqueado por tupidas islas de pinos. Cortó algunos vástagos de helecho y los puso debajo de las correas de la mochila. Al ser apretados empezaron a despedir un agradable olor. Estaba cansado y hacía mucho calor por aquel terreno irregular entre pinos que no lo protegían del sol. Sabía que podía llegar al río en cualquier momento, con solo doblar a la izquierda. No podía estar a más de un par de kilómetros. Pero siguió caminando hacia el norte para acercarse al río más adelante, lo más lejos que pudiera llegar.

Al atravesar el terreno elevado, Nick divisó una gran isla de pinos. Bajó la cuesta y luego, al llegar a la cima de la siguiente subida, dobló y se encaminó a los pinos.

No había maleza en la isla de los pinos. Los troncos se alzaban rectos o se inclinaban hasta tocarse. Los troncos no tenían ramas abajo, sino muy arriba, donde se entrelazaban formando una compacta sombra. Alrededor del grupo de árboles había un espacio abierto. Nick notó que el terreno era blanco y estaba cubierto de agujas de pino, que se extendían mucho más allá del alcance de las ramas altas. Como los árboles habían crecido y las ramas estaban altas, el sol ocupaba ese espacio abierto que alguna vez habían cubierto de sombra. Los helechos comenzaban exactamente en el borde de esa extensión del suelo del bosque.

Nick se quitó la mochila y se acostó a la sombra, contemplando los pinos. Se estiró para descansar el cuello, la espalda y la nuca en la tierra blanda. Miró el cielo entre las ramas y luego cerró los ojos. Los volvió a abrir y miró hacia arriba nuevamente. En lo alto, el viento agitaba las ramas. Volvió a cerrar los ojos y se durmió.

Despertó rígido y entumecido. El sol estaba casi bajo. Se colgó la mochila y sintió que era pesada y que las correas le hacían daño. Se inclinó con la mochila puesta para recoger el estuche de cuero con la caña y emprendió la marcha hacia el río, alejándose de los pinos por el terreno pantanoso cubierto de helechos. Sabía que el río no podía estar a más de un par de kilómetros.

Bajó por una colina cubierta de tocones y llegó a una pradera. El río estaba al final de la pradera. Nick se alegró de llegar a él. Caminó río arriba atravesando la pradera. Llevaba los pantalones empapados por el rocío que había llegado con fuerza y rapidez después del caluroso día. Era un río silencioso que se deslizaba veloz. En el extremo de la pradera, antes de buscar un lugar alto para acampar, Nick observó saltar a las truchas que comían los insectos que llegaban al pantano del otro lado del río, ahora que el sol se había puesto. Los peces salían del agua para apoderarse de su presa. Mientras Nick caminaba a lo largo del río, los peces seguían saltando. Miró el agua y supuso que los insectos se estaban posando sobre la superficie porque las truchas comían sin cesar, formando círculos en el agua, como si estuviera empezando a llover.

El terreno se elevaba, cubierto de árboles y de arena, dominando la pradera, el río y el pantano. Nick depositó la mochila y el estuche con la caña, y buscó un lugar llano. Tenía mucha hambre y quería montar el campamento antes de cocinar. El terreno era bastante llano entre dos pinos. Sacó el hacha de la mochila y cortó dos ramas. Quedaba entonces un espacio bastante grande para una cama. Niveló el suelo arenoso con la mano y arrancó de raíz los helechos. Volvió a alisar la tierra. No quería estar incómodo cuando se acostara. Una vez que alisó el terreno, tendió sus tres mantas: la primera doblada y sobre ella las otras dos.

Con el hacha cortó un pedazo de madera de pino de uno de los troncos y lo partió en estacas. Tenían que ser largas y firmes. Ahora que la tienda estaba extendida sobre el suelo, la mochila apoyada contra el pino, parecía mucho más pequeña. Nick ató la cuerda que servía como tirante horizontal a un tronco y, levantando la tienda con el otro extremo de la cuerda, la ató al otro pino. La tienda colgaba sobre la soga como si fuera un tendedero. Nick hundió un palo que había preparado bajo el pico trasero de la lona y por último fijó los bordes. Clavó bien hondo las estacas golpeándolas con el revés del hacha hasta enterrar las presillas de la soga y comprobar que la lona estaba tirante como un tambor.

En la entrada de la tienda puso una tela para protegerse de los mosquitos. Agachándose, se deslizó debajo del mosquitero con varias cosas que había sacado de la mochila y que quería poner a la cabecera de la cama. La luz se filtraba en la tienda a través de la lona marrón. El olor de la lona era agradable. Ya se advertía algo misterioso, como de hogar. Nick estaba feliz al entrar en la tienda. No se había sentido triste en todo el día. Esto era algo distinto, sin embargo. Había habido cosas que hacer, y ya estaban hechas. Había sido un viaje agotador. Estaba muy cansado. Todo estaba hecho. Había levantado la tienda. Ya estaba instalado. Nada podía molestarlo. Había encontrado un buen lugar para acampar. Ya estaba allí, en el buen lugar. Estaba en su hogar, hecho por él. Ahora tenía hambre.

Salió arrastrándose bajo la mosquitera. Fuera estaba muy oscuro. Había más claridad dentro de la tienda.

Nick fue hasta donde estaba la mochila y buscó a tientas hasta encontrar un clavo largo dentro de un paquete de clavos que estaba en el fondo. Lo clavó en el pino, golpeando con el revés del hacha. Colgó la mochila del clavo. Todas sus provisiones estaban en ella, y ahora estaban seguras.

Nick tenía hambre. Le parecía que nunca había tenido tanta hambre. Abrió dos latas, una de carne de cerdo con judías y otra de fideos, y las echó en la sartén.

—Tengo derecho a comer estas cosas, si es que estoy dispuesto a acarrearlas —dijo Nick. Su voz le sonaba extraña en medio del bosque oscuro. No volvió a hablar.

Cortó unas astillas de pino de un tocón y con ellas prendió el fuego. Puso una parrilla de alambre, y clavó las cuatro patas con el pie. Puso la sartén en la parrilla, sobre las llamas. Ahora tenía más hambre. Las judías y los fideos se estaban calentando. Nick los revolvió y los mezcló bien. Empezaron a formarse burbujas que subían a la superficie con dificultad. Olía bien. Nick sacó un frasco de kétchup y cortó cuatro rebanadas de pan. Las burbujas se formaban con más frecuencia. Nick se sentó junto al fuego y levantó la sartén. Sirvió la mitad de la comida en un plato de hojalata. Nick sabía que estaba demasiado caliente y vio cómo se deslizaba con lentitud en el plato. Le echó un poco de kétchup. Las judías y los fideos estaban aún demasiado calientes. Miró el fuego, luego la tienda, haciendo tiempo porque no quería arruinarlo todo quemándose la lengua. Durante muchos años había sido incapaz de disfrutar de las bananas fritas porque no podía esperar a que se enfriaran. Tenía la lengua muy delicada. Tenía mucha hambre. Del otro lado del río, en el pantano, casi en la oscuridad, vio que se estaba alzando la neblina. Volvió a contemplar la tienda. Muy bien. Comió una cucharada bien llena.

—Dios mío —dijo Nick—. Dios mío —dijo, feliz.

Se lo comió todo sin darse cuenta de que se había olvidado del pan. Terminó el segundo plato con el pan, rebañando bien hasta dejar brillante el plato. La última vez que había comido había sido en el St. Ignace, en el restaurante de la estación, donde pidió un sándwich de jamón y una taza de café. Todo había salido muy bien. En otras ocasiones había tenido mucha hambre, pero no había podido satisfacerla. Podría haber acampado mucho antes, pero no había querido. Había muchos buenos lugares para acampar junto al río. Pero aquel era un lugar muy bueno.

Echó dos troncos de pino en el fuego para avivarlo. Se había olvidado de buscar agua para el café. Sacó de la mochila un balde plegable de lona y bajó la colina hasta el río. La otra orilla estaba envuelta en neblina. La hierba estaba fría y húmeda. Se arrodilló y metió el balde en el río, que resistió y se hinchó en la corriente.

El agua estaba como hielo. Nick enjuagó el balde y lo llenó y lo llevó al campamento. Lejos del río no hacía tanto frío.

Nick clavó otro clavo, del que colgó el balde con agua. Llenó la cafetera por la mitad, echó más leña al fuego y colocó la cafetera sobre la parrilla. No se acordaba de cómo solía hacer el café. Se acordaba de que una vez había discutido con Hopkins, pero no estaba seguro de lo que había sostenido él. Decidió hervirlo. Entonces se acordó de que ese era el método de Hopkins. Hubo una época en que le discutía todo a Hopkins. Mientras esperaba a que hirviera el agua, abrió una pequeña lata de albaricoques. Le gustaba abrir latas. Vació el contenido en una taza de hojalata. Mientras vigilaba el café, tomó el almíbar de los albaricoques, al principio con cuidado, para no derramarlo, luego lentamente, mientras comía la fruta. Eran mejores que los frescos.

El café hirvió, la tapa saltó y el líquido y los granos se derramaron en el borde de la cafetera. Nick la retiró del fuego. Significaba un triunfo para Hopkins. Puso azúcar en la taza vacía donde había comido los albaricoques y se sirvió un poco de café para que se enfriara. Estaba tan caliente que tuvo que coger el asa con el sombrero. No dejaría el café mucho tiempo en la cafetera, para que no saliese demasiado cargado. Iba a seguir todas las indicaciones de Hopkins. Se lo merecía. Hacer el café era una tarea que Hopkins se tomaba muy en serio. Era el hombre más serio que Nick hubiera conocido. No era solemne, sino serio. De eso hacía mucho tiempo. Hopkins hablaba sin mover los labios. Había jugado al polo. Había ganado millones de dólares en Texas. Había pedido dinero prestado para pagarse el viaje a Chicago, aquella vez que llegó el telegrama informándole que se había descubierto petróleo. Pudo haber telegrafiado pidiendo dinero. Eso se habría demorado demasiado. A la chica de Hopkins la llamaban la Venus Rubia. A él no le importaba porque no era su novia. Hopkins decía con gran seguridad que ninguno se burlaría de su novia. Tenía razón. Hopkins había salido cuando llegó el telegrama. Estaban en el Río Negro. El telegrama tardó ocho días en llegar a su poder. Hopkins le dio a Nick su Colt automática del calibre 22. Le dio la cámara a Bill. Para que siempre se acordaran de él. Todos irían a pescar al año siguiente. Ahora Hopkins era rico. Iba a comprar un yate y harían un crucero a lo largo de la ribera norte del Lago Superior. Estaba emocionado pero conservaba la seriedad. Todos se despidieron con tristeza. El viaje quedaba interrumpido. No volverían a ver a Hopkins. Eso había sucedido hacía mucho tiempo en el Río Negro.

Nick bebió el café hecho según las instrucciones de Hopkins. Estaba amargo. Se rio. Era un buen final para el cuento. Su mente empezaba a trabajar. Sabía que podía impedir su funcionamiento porque estaba bastante cansado. Tiró el café que quedaba. Encendió un cigarrillo y entró en la tienda. Se quitó las botas y los pantalones, hizo con ellos un bulto que usaría como almohada, y se tapó.

Por la entrada de la tienda observó el resplandor del fuego que se avivaba con el viento nocturno. Era una noche tranquila. El pantano estaba en absoluta calma. Nick se estiró cómodamente entre las mantas. Un mosquito zumbaba junto a su oído. Se incorporó y encendió un fósforo. El mosquito estaba posado sobre la lona, encima de su cabeza. Nick le acercó el fósforo rápidamente y lo quemó. El fósforo se apagó. Volvió a acostarse. Se dio la vuelta y cerró los ojos. Tenía sueño. Sentía que llegaba el sueño. Se acurrucó bajo la manta y se durmió.

XV

Colgaron a Sam Cardinella a las seis de la mañana en el pasillo de la cárcel del distrito. Era un corredor alto y angosto flanqueado de celdas en hilera. Todas las celdas estaban ocupadas. Habían llevado a los hombres para ejecutarlos. Cinco hombres sentenciados a la horca ocupaban las cinco celdas superiores. Tres eran negros. Estaban muy asustados. Uno de los blancos estaba sentado en su catre con la cabeza entre las manos. El otro estaba sentado en su catre con la cabeza envuelta en una colcha.

Pasaron a la horca por una puerta en la pared. Eran siete, incluidos dos curas. A Sam Cardinella lo llevaban alzado. Estaba en ese estado desde alrededor de las cuatro de la mañana.

Los dos guardias lo sujetaban mientras le ataban las piernas, y los dos curas le hablaban al oído:

—Pórtate como un hombre, hijo mío —le dijo uno de los curas.

Cuando se acercaron con el capuchón para cubrirle la cabeza, Sam Cardinella perdió el control de su esfínter. Los dos hombres que lo sostenían lo soltaron, asqueados.

—¿Por qué no traemos una silla, Will? —preguntó uno de los guardias.

—Sí, será lo mejor —dijo un hombre de sombrero de hongo.

Lo dejaron atado y se alejaron de la horca, que era muy pesada, de roble y acero, con cojinetes de bola. Dejaron sentado solo a Sam Cardinella, fuertemente atado. El cura más joven permaneció de rodillas junto a la silla. Logró retroceder justo antes de que se abriera la trampilla del cadalso.

El gran río de dos corazones II

Al despertarse vio que ya había salido el sol y que la tienda empezaba a entibiarse. Nick se arrastró bajo el mosquitero para contemplar la mañana. Al salir se dio cuenta de que la hierba estaba húmeda. Tenía los pantalones y las botas en la mano. El sol asomaba detrás de la colina. Contempló la pradera, el río y el pantano. Al otro lado del río, ya en el pantano, había abedules.

El río era claro y corría con ímpetu. A doscientos metros corriente abajo había tres troncos atravesados de orilla a orilla. Allí el agua estaba tranquila. Mientras Nick contemplaba el lugar, vio un visón que cruzaba el río por los troncos y se internaba en el pantano. Nick estaba nervioso. Estaba nervioso a causa de la mañana y el río. Tenía demasiada prisa para ponerse a desayunar, pero sabía que era necesario. Hizo un fuego pequeño y puso la cafetera. Mientras se calentaba el agua tomó una botella vacía y bajó hasta el borde de la pradera. La hierba estaba húmeda de rocío y Nick quería cazar saltamontes para carnada antes de que el sol secara el rocío. Encontró muchísimos. Estaban en la base de los tallos, o a veces adheridos a la hierba, fríos y húmedos por el rocío, y no podían saltar hasta calentarse con el sol. Nick eligió los medianos, de color marrón, y los metió en la botella. Dio la vuelta a un tronco y justo al borde vio cientos de saltamontes. Era un nido. Nick eligió unos cincuenta de los medianos y los metió en la botella. Mientras los elegía, los otros empezaron a calentarse con el sol y empezaron a saltar. Al principio efectuaban un vuelo corto y se quedaban tiesos, como muertos, al posarse en la tierra.

Nick sabía que para cuando terminara el desayuno, estarían tan animados como siempre. Sin rocío, se necesitaría todo un día para llenar una botella de saltamontes, y tendría que aplastar muchos con el sombrero. Se lavó las manos en el río. Se sentía nervioso por la proximidad del agua. Luego volvió a la tienda. Los saltamontes ya empezaban a saltar, un poco tiesos, por la hierba. En la botella, tibia por el sol, saltaban todos juntos. Nick le puso un palito como tapa. Cubría la boca de la botella para que no se escaparan, pero permitía la entrada de bastante aire.

Volvió a poner el tronco en su lugar, sabiendo que allí podía conseguir saltamontes todas las tardes.

Nick dejó la botella llena de saltarines saltamontes contra un pino. Mezcló con rapidez un poco de harina de trigo con agua hasta que adquirió la consistencia deseada. Puso un puñado de café en la cafetera y un poco de grasa en la sartén hirviente. Luego agregó la mezcla, que se desparramó como lava, chisporroteando. La torta de trigo empezó a endurecerse en los bordes, luego a tostarse, y por último tomó una consistencia porosa, con burbujas. Nick metió una rama de pino debajo, agitó la sartén y despegó la tortita. «No voy a intentar darle la vuelta en el aire», pensó. Volvió a meter la rama hasta despegar la torta y le dio la vuelta. Volvió a chisporrotear.

Cuando estuvo listo, Nick puso más grasa en la sartén y agregó el resto de la mezcla. Hizo otra tortita grande y luego una pequeña.

Nick se comió las dos primeras con compota de manzana. A la tercera también le puso compota de manzana, la dobló, la envolvió con papel encerado y se la guardó en el bolsillo de la camisa. Volvió a guardar el frasco de compota en la mochila y cortó pan para dos sándwiches.

En la mochila encontró una cebolla grande. La cortó por la mitad y le quitó la piel. Luego cortó una de las mitades en rodajas e hizo sándwiches de cebolla. Los envolvió en papel encerado y los guardó en el otro bolsillo de la camisa caqui, que abotonó. Giró la sartén sobre el fuego, bebió el café, dulce y amarillento a causa de la leche condensada, y dejó todo arreglado en su campamento. Era un campamento bonito.

Sacó la caña del estuche de cuero, la montó y volvió a guardar el estuche en la tienda. Colocó el carrete y pasó el sedal por las correderas. Tenía que sostenerlo con firmeza para que no se cayera por su propio peso. Era una línea doble, pesada. Le había costado ocho dólares hacía mucho. Era pesada para que atravesara el aire como una plomada y pudiera tener una carnada casi sin peso. Nick abrió la caja de aluminio donde estaban los sedales húmedos entre las almohadillas de franela. Nick las había humedecido en la cuba de refrigeración del tren yendo a St. Ignace. Los sedales de tripa se habían ablandado en las almohadillas húmedas y ahora desenrolló uno y lo ató con un nudo en la punta de la pesada línea. Ató un anzuelo en el extremo del sedal. Era un anzuelo pequeño, muy fino, y tenía un resorte.

Nick se sentó con la caña sobre el regazo. Probó el nudo y el resorte, tirando bien del sedal. Se sentía bien. Tuvo cuidado de no pincharse con el anzuelo.

Bajó en dirección al río con su caña en la mano, la botella con los saltamontes al cuello sostenida por una correa. La red le colgaba del cinturón, agarrada mediante un anzuelo. Al hombro llevaba una gran bolsa de harina atada con nudos en los extremos, formando orejas.

Nick se sentía raro, pero profesionalmente feliz con todo aquel equipo encima. La botella con los saltamontes se balanceaba contra su pecho. Los bolsillos de la camisa abultaban por el almuerzo y los cebos artificiales que había guardado en ellos.

Al entrar en el río tuvo una sensación de frío. Los pantalones se le adhirieron a las piernas. Sintió bajo las botas los guijarros del fondo.

La corriente formaba remolinos alrededor de sus piernas y el agua le llegaba arriba de las rodillas. Vadeó a favor de la corriente. La grava se le metía en las botas. Bajó los ojos para mirar los remolinos e inclinó la botella para sacar un saltamontes.

El saltamontes saltó y cayó al agua. Se lo tragó un remolino junto a la pierna derecha de Nick y volvió a emerger un poco más allá, corriente abajo. Flotaba rápidamente, dando patadas. Desapareció en un veloz círculo que rompió la superficie del agua. Lo había cazado una trucha.

Otro saltamontes asomó la cabeza por la botella. Le temblaba la antena. Ya estaba sacando las patas delanteras, listo para saltar. Nick lo cogió de la cabeza y lo sostuvo hasta pasarle el delgado anzuelo por el tórax hasta los últimos segmentos del abdomen. El insecto tomó el anzuelo con las patas delanteras y escupió un líquido color tabaco. Nick lo tiró al agua.

Mientras sostenía la caña con la mano derecha, soltó línea. Con la mano izquierda apretó el carrete y dejó que el sedal corriera libremente. Vio al saltamontes en las pequeñas olas de la corriente. Desapareció.

Hubo un tirón en el sedal. Nick la recogió. Era la primera vez que picaba un pez. Sosteniendo la caña, ahora animada, contra la corriente, recogió el sedal con la mano izquierda. La caña se doblaba convulsivamente mientras la trucha luchaba contra la corriente. Nick sabía que era pequeña. Levantó la caña en el aire, arqueándola.

Vio a la trucha haciendo fuerza en el agua con la cabeza y el cuerpo contra la movediza tangente que trazaba el sedal en el río.

Nick cogió el sedal con la mano derecha y arrastró la trucha hasta la superficie. Tenía el lomo moteado de un color claro, como el agua sobre la grava, y le brillaban los costados al sol. Nick se inclinó, con la caña bajo el brazo derecho, y hundió la mano en la corriente. Sostuvo la trucha, que no se quedaba quieta, con la mano derecha, húmeda, mientras le sacaba el anzuelo, y luego volvió a tirarla al río.

El pez flotó con poca firmeza por un instante y luego bajó, y se quedó junto a una piedra. Nick metió la mano para tocarla. La trucha estaba quieta en la corriente, descansando sobre la grava. Nick la acarició con los dedos, fue una sensación suave, fresca y acuática, y luego se le escapó, proyectando su sombra sobre el lecho del río.

«Está bien —pensó Nick—, solo estaba cansada.»

Se había humedecido la mano antes de tocar la trucha para no alterar la delicada mucosidad que la cubría. Si se tocaba una tru cha con las manos secas, un hongo blanco atacaba la parte sin protección. Años atrás, cuando pescaba en arroyos frecuentados por muchos pescadores, Nick había encontrado truchas muertas muchísimas veces, cubiertas de hongos blancos, amontonadas junto a una roca o flotando boca arriba. A Nick no le gustaba pescar cuando había otros hombres en el río. Si no pertenecían al grupo de uno, arruinaban la diversión.

Vadeó corriente abajo con el agua por encima de las rodillas, durante cincuenta metros hasta llegar a los troncos atravesados en el río. No volvió a poner cebo en el anzuelo. Estaba seguro de que pescaría solo truchas pequeñas en la parte poco profunda y no quería. A aquella hora del día no habría truchas grandes en los vados.

De repente, el agua le llegó hasta los muslos. Más adelante estaban los troncos, donde el agua se oscurecía; a la izquierda estaba el extremo más bajo de la pradera; a la derecha, el pantano.

Nick se inclinó sobre la corriente y sacó un saltamontes de la botella. Lo puso en el anzuelo y escupió sobre él para tener buena suerte. Luego soltó varios metros de sedal del carrete y arrojó la carnada en el agua oscura y rápida. Flotó hacia los troncos, luego el peso de la línea hundió el cebo. Nick sostuvo la caña con las dos manos, mientras el sedal se deslizaba por sus dedos.

Hubo un largo tirón. La caña se arqueó y el sedal se puso tenso. El sedal tirante empezó a salir del agua, en continua sacudida. Nick sintió que el sedal se rompería si aumentaba la presión y soltó el sedal.

El carrete emitió un chirrido y el sedal empezó a desenrollarse a toda velocidad. Demasiado rápido. Nick no podía controlarlo, y el chirrido aumentaba a medida que se desenrollaba el sedal.

Ya no quedaba más hilo y se veía el carrete desnudo. Su corazón pareció detenerse debido a la excitación. Inclinado hacia atrás en la corriente que le helaba los muslos, Nick hizo presión sobre el carrete con la mano izquierda. Más allá de los troncos, una trucha saltó. Nick bajó la punta de la caña, sintiendo que la presión era demasiada, la tirantez excesiva. El sedal guía se había roto, claro. La sensación cuando el carrete se vaciaba y se quedaba seco y duro era inconfundible. Luego se quedaba inerte.

Con la boca seca, y desanimado, empezó a enrollar la línea. Nunca había visto una trucha tan grande. Se sentía un peso, un poder que era imposible contener, mientras la trucha saltaba. Parecía grande como un salmón.

A Nick le temblaba la mano. Enrolló el hilo lentamente. La excitación había sido excesiva. Se sentía vagamente indispuesto y creyó conveniente sentarse un rato.

El sedal guía se había roto en el lugar en que iba atado el anzuelo. Nick lo tomó. Pensó que la trucha estaría en alguna parte del fondo, sobre la grava, adonde no llegaba la luz, bajo los troncos, con el anzuelo clavado. Nick sabía que la trucha cortaría el hilo de tripa del anzuelo. Este se le clavaría cada vez más. Estaba seguro de que la trucha estaba furiosa. Una trucha de ese tamaño debía de estar furiosa. Una hermosa trucha. El anzuelo le había entrado bien. Firme como una roca se le había clavado. Era pesada como una roca, además. ¡Sí que era grande, Dios! La trucha más grande que jamás había visto.

Nick volvió a la pradera y se quedó parado mientras el agua le chorreaba de los pantalones y le salía de las botas. Se sentó sobre unos troncos. No quería sobreexcitarse.

Retorció los dedos de los pies en el agua, dentro de las botas, y sacó un cigarrillo del bolsillo de la camisa. Lo encendió y tiró el fósforo al agua debajo de los troncos. Una trucha pequeña saltó, balanceándose en la rápida corriente. Nick se rio.

Se quedó sentado en los troncos fumando, secándose al sol, sintiendo la tibieza de los rayos en la espalda, contemplando el río que se adentraba en los bosques, dibujando curvas entre los vados, observó el resplandor en el agua, las rocas lisas, los cedros y los blancos abedules a ambas márgenes, los troncos, tibios bajo el sol, sin corteza, blandos y grises. Poco a poco, el sentimiento de desengaño lo fue abandonando. Lentamente se le fue yendo ese sentimiento de desengaño que lo embargó después de una excitación tal que le había provocado dolor de hombros. Ahora todo estaba bien. Dejó la caña apoyada contra los troncos mientras ataba un nuevo anzuelo al sedal guía, tirando fuerte para hacer un nudo duro.

Puso el cebo, recogió la caña y caminó hasta el otro lado de los troncos para entrar en el agua, donde no estaba demasiado hondo. Debajo de los troncos y más allá se extendía una laguna profunda. Nick vio un pozo y lo evitó caminando por un banco de arena, cerca de la costa pantanosa hasta llegar al vado del lecho.

A la izquierda, donde terminaba la pradera y empezaban los bosques, había un gran olmo, desarraigado durante alguna tormenta. Yacía del lado del bosque, con las raíces cubiertas de tierra y con hierba que crecía de ellas, formando una sólida protección junto al río. Desde donde estaba, Nick podía ver los profundos canales, como surcos, que la corriente había trazado sobre el lecho del río. El lecho estaba lleno de guijarros por todas partes. El río trazaba una curva junto al olmo, y allí el lecho era gredoso y se veían entre los surcos verdes matorrales de algas que se mecían con la corriente.

Nick echó la caña hacia atrás y luego con fuerza hacia delante y el hilo, trazando una curva, depositó el anzuelo con el saltamontes en uno de los profundos canales. Una trucha mordió el anzuelo.

Sostuvo la caña cerca del árbol desarraigado y chapoteando hacia atrás atrajo al pez que se sumergía arqueando la caña, mientras Nick tiraba para escapar del peligro de los matorrales del río y llevar su presa a la orilla. El resorte de la caña cedía a los tirones de la trucha, sumergiéndose por momentos, pero en general Nick iba ganando terreno. Con la caña sobre la cabeza condujo al animal hacia la red y luego levantó la caña.

La trucha quedó atrapada en la red, con sus flancos plateados contra las mallas. Nick le quitó el anzuelo y la metió en la bolsa grande que llevaba al hombro.

Nick abrió la bolsa y la llenó de agua. La levantó, dejando el fondo en el agua, y el líquido empezó a escurrirse por los lados. Adentro, en el fondo, estaba la trucha inmensa, viva.

Caminó un trecho río abajo. La pesada bolsa se hundía en el agua, haciendo presión sobre sus hombros.

Estaba haciendo calor y el sol le quemaba en la nuca.

Ya tenía una buena trucha. No le importaba pescar muchas. En esa parte el río era ancho y poco profundo, con árboles en ambas márgenes. Los de la izquierda proyectaban una sombra corta en el sol del mediodía. Nick sabía que había truchas en la sombra. Por la tarde, después de que el sol hubiera cruzado hasta llegar a las colinas, las truchas buscarían refugio en la sombra fresca del otro lado del río.

Las más grandes se quedarían cerca de la orilla. Siempre se las pescaba cerca de la orilla en el Río Negro. Cuando el sol bajaba, todas iban hacia el centro de la corriente. Exactamente cuando el sol, antes de ocultarse, proyectaba un resplandor enceguecedor en el agua, podían encontrarse truchas en cualquier parte del río. Pero era casi imposible pescar entonces, porque la superficie del río cegaba como un espejo bajo el sol. Por supuesto, se podía pescar corriente arriba, pero en un río como este, o como el Negro, había que vadear en contra de la corriente y en las partes profundas, el agua podía llegar a cubrirte. No era divertido pescar río arriba con la corriente tan fuerte.

Nick siguió caminando, con cuidado de no meterse en un pozo. Junto al agua había un haya, cuyas ramas se hundían en el río. Siempre había truchas en un lugar así.

No tenía ganas de pescar allí. Podía engancharse en las ramas.

Parecía profundo, sin embargo. Dejó caer el saltamontes en el anzuelo y la corriente lo sumergió bajo las ramas. Sintió un fuerte tirón. La trucha se agitaba, emergiendo del agua entre las hojas y las ramas. El sedal se había quedado enganchado. Nick tiró con fuerza y la trucha se soltó. Recogió el hilo y, sosteniendo el anzuelo en la mano, siguió corriente abajo.

Delante, cerca de la orilla izquierda, había un tronco grande. Nick vio que era hueco. La corriente entraba mansamente por las aberturas, formando un pequeño remolino en cada lado. Ahí ya era más hondo. La parte superior del tronco hueco era gris y estaba seca. Se encontraba parcialmente en la sombra.

Nick destapó la botella llena de saltamontes y uno se adhirió al palo que hacía de tapa. Lo tomó, lo pasó por el anzuelo y lo tiró al

agua. Mantuvo la caña lo más lejos posible para que el cebo llega-
ra hasta el tronco hueco. Bajó la caña e hizo que el insecto flotara
en el hueco. Notó un tirón fuerte. Nick dobló la caña en dirección contraria. Parecía como si se hubiese enganchado en el tronco, solo que se sentía como algo vivo.

Trató de sacar el pez a la corriente. Lo logró.

El sedal aflojó de repente y Nick pensó que se le había escapa-
do la trucha. Luego la vio, muy cerca, agitando la cabeza en la
corriente, tratando de zafarse del anzuelo. Tenía la boca herméticamente cerrada y luchaba contra el anzuelo en la corriente fluida
y clara.

Sujetando el sedal con la izquierda, Nick levantó la caña hasta
poner tirante el sedal y trató de conducir a la trucha hasta la red,
pero la perdió de vista. Luchó también, peleando con la trucha,
dejando que se debatiera contra el resorte de la caña. Cambió la
caña de mano, condujo la trucha río arriba, aguantándole el peso,
haciendo mucha fuerza hasta meterla en la red. La levantó del agua,
vio cómo trazaba un pesado semicírculo hasta caer en la red, que
chorreaba agua, luego le quitó el anzuelo y la metió en la bolsa.

Abrió la bolsa y observó las dos truchas vivas en el agua.

Nick caminó en dirección al tronco hueco, vadeando el río
que se hacía más profundo. Se quitó la bolsa del hombro, sintiendo cómo se movían las truchas al salir del agua, y la sostuvo en
alto para volver a hundirlas en el agua. Luego tomó impulso y se
sentó sobre el tronco. El agua de los pantalones y de las botas se le
escurría, volviendo al río. Dejó la caña. Se trasladó al extremo del
tronco que estaba en la sombra y sacó los sándwiches del bolsillo.
Los mojó en el agua fría. La corriente se llevó algunas migas. Se

comió los sándwiches y hundió el sombrero en el agua para beber, pero la mayor parte de esta se derramó.

Hacía fresco en la sombra, allí, sentado sobre el tronco. Sacó un cigarrillo y encendió un fósforo, que se hundió en la madera gris y trazó un pequeño surco. Nick se inclinó hasta hallar una parte dura en el tronco para raspar el fósforo, encendió el cigarrillo y se quedó fumando y observando el río.

Más allá el río se estrechaba y desembocaba en el pantano. Se volvía más profundo al entrar en el pantano frondoso lleno de cedros que crecían muy juntos y cuyas ramas se entrelazaban. Era imposible caminar en un lugar así. Las ramas eran demasiado bajas. Para poder avanzar, habría que casi acostarse. Pero no se podían atravesar esas ramas. «Por eso los animales que viven en los pantanos han adoptado esa forma» pensó Nick.

Ojalá se hubiera llevado algo para leer. Tenía ganas de leer. No quería internarse en el pantano. Observó el río, corriente abajo. Vio un gran cedro inclinado sobre el agua que llegaba casi hasta la otra orilla. Después del cedro el río entraba en el pantano.

Nick no quería ir allí ahora. No soportaba vadearlo notando el agua llegándole a las axilas, para pescar truchas grandes en un lugar donde era imposible sacarlas. Las orillas del pantano estaban desnudas. Los grandes cedros se juntaban arriba, y el sol no llegaba abajo, excepto en pequeños trechos. En el agua rápida y profunda, en la media luz, la pesca sería trágica. En el pantano, la pesca era una aventura trágica. No quería eso. No quería internarse más hoy.

Sacó la navaja, la abrió y la clavó en el tronco. Luego recogió la bolsa, metió la mano y sacó una de las truchas. La sostuvo por la cola, pero era difícil asirla porque estaba viva, y la mató de un golpe contra el tronco. Se quedó rígida. Nick la puso sobre el tronco en la sombra y mató al otro pescado de la misma manera. Las puso una al lado de la otra sobre el tronco. Eran dos truchas hermosas.

Haciendo un tajo de extremo a extremo, las limpió. Sacó las entrañas, las agallas y la lengua, todas en una sola pieza. Las dos eran machos. Nick tiró los despojos hacia la orilla para que los encontraran los visones.

Lavó las truchas en el agua. Al sacarlas nuevamente, parecían vivas. Aún no se les había ido el color. Se lavó las manos y se las secó en el tronco. Después metió las truchas en la bolsa, la puso sobre el tronco, la ató y la envolvió en la red. La hoja de la navaja seguía clavada en el tronco. La limpió en la madera y la guardó en el bolsillo.

Nick se puso de pie sobre el tronco, con la caña en una mano y la red en la otra. Después entró en el agua y chapoteó hasta la orilla. Ascendió y se encaminó hacia los árboles, cuesta arriba. Iba de regreso al campamento. Miró atrás. Se veía aún el río, entre los árboles. Le quedaban muchos días para pescar en el pantano.

L'envoi

El rey estaba trabajando en el jardín. Pareció muy contento de verme. Caminamos por el jardín.

—Esta es la reina —dijo.

Ella estaba podando un rosal. Lo saludó.

Nos sentamos a una mesa, a la sombra de un árbol enorme, y el rey pidió whisky con soda.

—Todavía tenemos buen whisky —observó.

Me dijo que la junta revolucionaria no le permitía salir de los terrenos del palacio.

—Plastiras me parece un buen hombre, pero sumamente intratable. Aunque creo que hizo bien en matar a esos tipos. Las cosas serían muy distintas si Kerensky hubiera fusilado a varios hombres. ¡Pero sin duda en esta clase de asuntos lo principal es evitar que lo liquiden a uno!

Era muy divertido y conversamos largo rato. Como todos los griegos, él también quería ir a América.

Índice

Prólogo de Ricardo Piglia. 9

En el muelle en Esmirna 17
    I. Campamento indio. 21
    II. El médico y su mujer 29
    III. El fin de algo 37
    IV. El vendaval de tres días 45
    V. El luchador. 61
    VI. Un cuento muy corto 75
    VII. El hogar del soldado 81
VIII. El revolucionario. 95
    IX. El señor y la señora Elliot 99
    X. Gato bajo la lluvia. 107
    XI. Fuera de temporada 115
    XII. Esquí de fondo 127
XIII. Mi viejo 137
XIV. El gran río de dos corazones I 157
    XV. El gran río de dos corazones II 171
L'envoi 187

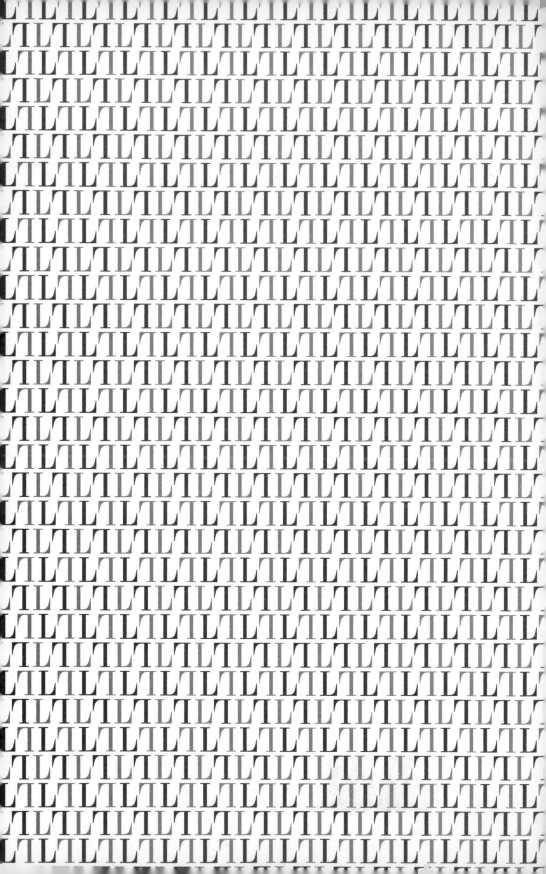